いきなりのお姫様抱っこと、自分が和彦の膝の上に横抱きにされていることに桜子は驚く。「な、何？」和彦はそんな桜子の髪を優しく撫で、妙に甘ったるい声で囁く。（P 104より）

花嫁は十七歳

若月京子

illustration:
椎名ミドリ

prism bunko

CONTENTS

花嫁は十七歳

★★★

うららかな土曜日の午後。

皇居近くにあるホテルの和懐石店の個室では、美しく設えた庭を眺めながら見合いが行われていた。

こういう改まった場所でするにしては変則的なのは、世話人がいないことだ。両家ともに母親が付添い人としていて、互いの子供を紹介し合っている。しかもこの母親同士、子供の頃からの親友である。

そしてこの見合いでもっとも変則的なのは——清楚な白のワンピースを着た西園寺《さいおんじ》桜子《さくらこ》という美しい少女がまだ十七歳の高校生で、そのうえ実は男ということだった。

ちなみに相手は正真正銘の男である。きちんとスーツを着込んだ二十八歳の男前で、名を神津《こうづ》和彦《かずひこ》という。

奇妙な緊迫感が漂い、和やかとは言いきれない雰囲気の中、桜子の母はおっとりと微笑みながら娘に話しかける。

「和彦さんは、小説家をなさってらっしゃるのよ。桜子は本が好きでしょう? 読んだことないかしら?」

その言葉に、桜子は目を瞠る。

相手の名前を聞いたとき、小説家と同じだとは思った。だがまさか本人ではないだろうと考えたので、てっきり同姓同名だと思い込んだのだ。

「神津…和彦さん？　というと、ミステリー小説家の？　高校の図書館で借りて、読んでいます。図書委員の子がファンで、デビュー作から揃っているんですよ」

「へー、それは嬉しいな」

この日、和彦は初めて本当の笑顔を見せた。

それまでは、紹介のときに儀礼的な笑みを浮かべたものの、あとはもう仏頂面にならないように気をつけているといった様子だったのである。

桜子側の事情の説明は受けて見合いに臨んでいるとのことなので、それも無理からぬことだと桜子は同情した。

見た目は美しい少女だし、戸籍もしっかり女になっているが、桜子の性は男だ。線が細く小作りな顔は人形のように綺麗に整っていて、誰がどう見ても少女にしか見えないだろうが、それでも男なのである。

桜子の上には四人もの兄がいて、どうしても娘が欲しいとがんばった待望の五人目…その子がまたもや男だったとき、桜子の母はキレた。常とまったく変わらぬおっとりとした微笑を浮かべ、だが完璧にキレた。自分とよく似た面立ちの赤ん坊を見て、「まぁ、なんて可愛いらしい女の子」と宣言したのである。

母に惚れ抜いて入り婿となった父はもちろんのこと、母の両親でさえ本気でキレた娘をたしなめることはできなかった。

院長と桜子を取り上げた医師は親戚、婦長は桜子の上の兄たちのときにも世話になっていて、桜子の母がどれほど女の子を欲しがっているか知っていたせいか、謝礼とともに記憶をすり替えてくれた。

かくして西園寺桜子は本当の性を捻じ曲げられ、西園寺家の一人娘として厳重な箱入りで育てられることになったのである。

周り中、女の子しかいない学校。当然、体育で着替えるときも同じ教室で、もし桜子が男とバレればクラスメートたちにひどいショックを与えるだろうし、桜子も変態のレッテルを貼られてしまう。話はすぐに広まるだろうし、もう二度と顔を上げて外に出られなくなる。もちろんそれだけではなく、西園寺家もタダではすまないはずだ。

そんな大変なプレッシャーの中、日々緊張して暮らしているというのに、それに加えて今は、男と見合いまでさせられている。至極まっとうに育てられた四人の兄たちと比べ、あまりにも不憫な自分の生い立ちと現在の状況に涙が出そうだ。

「紹介もすんだことですし、私たちがいては話も弾まないでしょうし、少し席を外しますわね」

「ラウンジで一時間ほどお紅茶を楽しんできます。このホテルのアフタヌーンティーはとても美味しいから」

「それが楽しみでこのホテルにしたんですものね」

子供の頃からの親友という二人は、上品な笑みを浮かべつつ若い二人を残して部屋を出ていってしまった。

「………」

「………」

残された和彦と桜子に、微妙な沈黙がのしかかる。

二人とも見合いをするのは初めてのうえ、これは普通の見合いと違う。何を話していいのか、話してはいけないのか分からない状態だった。

その気まずい沈黙を破ったのは、和彦である。

「あー…ちょっと聞いていいかな?」

「……どうぞ」

「まず…キミが男だっていうのは本当か?」

「えぇっと…はい……戸籍は女ですけど、性別は男です」

桜子がそう答えると、和彦は改めてマジマジと桜子を見つめる。

「いや、でもなぁ。正直、女の子にしか見えないんだけど。男の体つきじゃないよな？　いくら綺麗な男でも、骨格までは変えられないだろう？　あ、それとも、肋骨を取るとかの手術を受けたのか？」

「と、とんでもない！　手術なんてしてません。ただ…特別なボディスーツは着ていますけど。胸と腰にパッドを詰めた特注品です」

「う〜ん…それだけか？　歩き方とかもなぁ…女のそれなんだけど」

「ああ、だってそれは…生まれたときから女をやっていますし。絶対バレるわけにはいかないから、そのあたりはかなり気をつけてます。女と男の歩き方の違いなんて、とっくの昔に研究ずみですよ」

「努力か」

「努力です」

桜子はきっぱりと言いきった。

まだ男女の差がほとんどない子供の頃はともかくとして、少しずつ体型が変わってきたときから細心の注意を払っていた。

男と女の骨格の差は、いかんともしがたい。だがそれでも、オーダーメイドのボディスーツで胸と腰を作り、歩き方や所作に気をつければごまかすことができる。女形が舞台の上で美しい女性になりきるように、桜子は毎日を女性として演じていた。

だからこそその身のこなしは誰よりも優雅で、女性らしいものになる。普通の女性と違って、常に女らしい動きを心がけているのだから当然だ。

不特定多数とかかわる必要がある学校では特にその傾向が顕著で、おかげで桜子は元華族というその出自も相まって、お嬢様の多い高校でも一番のお嬢様で、なおかつ真の大和撫子だなどという喜ぶべきか悲しむべきか分からない称号を戴いている。

「まぁ、確かに大変な努力が必要だろうな。しかし…なんだってお前、そんなことをおとなしく受け入れてるんだ？　好きでやってるわけじゃないんだろう？」

「もちろん。でも、女として出生届けを出されて、女として育てられた私に何ができると？　今更男ですなんて言ったら、変態のそしりを受けるだけでしょう？　もう隠し通すしか道はないんです」

「う～ん…それはそうか。けど、だからって男と結婚するのはどうなんだ？　それくらいは拒否できるだろう。男なのに、男と見合いは不毛すぎるぞ」

「そんなの分かってます！　でも、断れなかったんだから仕方ないでしょう」

「なんで断れないんだよ。怒れ。意に反して女として育てられてるんだから、多少の我が儘は聞いてもらえ」

「……………」

できることなら桜子だってそうしたかった。

冗談じゃないと怒鳴り、絶対に嫌だと喚き散らし、これまでのフラストレーションを込めて食器やら家具やらを破壊したかった。

だが、そんなことは桜子にはできない。見合いし、結婚しろと言った相手が母親である以上、拒絶はできなかったのである。

桜子はハーッと大きな溜め息を漏らし、椅子の背凭れに体重をかける。そしてこれまでのお嬢様然とした態度をかなぐり捨て、ぞんざいな口調で和彦に聞く。

「あのさー…うちの母のこと、どう思う?」

「どうって…すごい美人だよな。パーツは一つ一つ完璧だし、バランスも絶妙。非の打ちどころのない、絶世の美人だ。ああいう顔だと冷たそうな印象を受けがちなのに、すごい優しそうだしな。人妻じゃなかったら、ぜひお願いしたいところなんだが…う～ん、残念。俺、人妻には手を出さない主義だから」

「あ、そう。いい主義だね。まぁ、確かにうちの母は美人だし、優しいんだけどさ……。

でも、ものすごく怖い人でもあるんだよね、実は」

「怖い？　怒鳴ったりするのか？」

「ううん。怒鳴られたことは一度もない。悪いことをしたら叱ることはあっても、滅多に怒ったりしなくて……。でも、本気で怒ると、こう…表情は普通なのに、目だけカッと見開いて……すごいんだ、これが本当に。悪夢に出てくるくらいなんだから。直撃を食らうと、百パーセントの確率で石になる。オレたち兄弟は、こっそりメデューサ化って呼んでるんだけどさ」

「メデューサ？」

「うん。知ってる？　ギリシアかなんかの神話だけど」

「あれだろ。髪がヘビで、目を見ると石になるっていう」

「そう、それ。本当に、見事に石化するから。直撃食らわなくたって、ごめんなさいって謝りたくなるんだよ。うちをライバル視してた陰険夫人なんて、お母様を本気で怒らせて、高熱で三日三晩うなされたって。四日目の早朝、うちに土下座しにきた。プライドが山ほど高い、銀行の頭取夫人だったんだけどね、その人」

「それは…すごい……」

「まぁ、どんなに説明したって、実際の迫力は伝えられないんだけどさ。石化させられることを考えたら、怖くてお母様には逆らえないわけ。これはもう理屈じゃなくて、本能。逆らおうとすると、体がすくむから。マジで」

「むーっ……」

想像しているのだろう、和彦の顔が嫌そうに歪む。とりあえず、桜子側の事情は分かってくれたようだ。

「んでもさー、どうしてあんたも断らなかったわけ？　女として育てられた男と結婚しろって、めちゃくちゃだろ」

「お前の母親がメデューサなら、うちの母親は恐怖の長距離ランナーだ」

「はっ？」

「怒鳴ったり、喚いたり、石化させる術は持ってない。その代わり、一定ペースでずっと責め続けるんだ。今回、俺は一週間もの間、寝ている間ですら文句を言われ続けたんだぞ。勝手に俺のマンションに押しかけてきて、起きてメシを食ってる間はもちろん、仕事をしているときも、風呂に入ってるときも、寝ているときも、ずーっと『こんなにお願いしているのに、どうして和彦さんは聞いてくれないのかしら』っていう調子で、延々と、どこまでも続く。一日中だぞ？　当然仕事にならないし、ノイローゼになりかかった」

和彦の説明に、桜子は理解しがたいといった表情で首を傾げる。

身に染みついた所作と生まれついた美貌のおかげで、桜子が男と知っている和彦の目から見ても、思わず守ってやりたくなるような惚れ惚れするほどの美少女ぶりだった。

「ええっと…お母さんだって、寝るわけだから、いくらなんでも一日中ってことはないんじゃないの？」

「甘いっ。あの人は俺の生活ペースに合わせて生活をして、寝ているときはちゃんと寝言できっちり言い続けた。夜中にうなされて目を覚ましたら、目を瞑って寝ている母親が、起きているときと同じ調子で恨み言を言い続けてるんだぞ？　怖いのなんのって……。人混みで撒いて、わざわざ電車を三回も乗り換えて、初めて行ったバーで飲んでた俺の背後に立たれたときの恐怖が分かるか!?」

「あー…まぁ、そりゃ確かに怖いだろうけど……。和彦、発信機をつけられてるんじゃないの？」

「そんな覚えはない」

「だって、ずっと一緒にいたんだろ？　いつだってつけられるじゃん。それにオレ、発信機、歯に埋め込まれてるよ。誘拐の危険性や万が一のことを考えると、仕方ないかな〜って思うし。和彦のとこだってお金持ちなんだから、発信機を埋め込まれててもおかしくないと思うけど」

「むっ」

口をモゴモゴさせるあたり、心当たりがあるのかもしれない。

「あー…でも、そうかぁ。そういうお母さんなのか……。うちの母とは真逆な感じだけど、そっちも充分怖いね」

「だろう？　俺がうんと言うまで、一ヵ月だろうが一年だろうが同じ調子で続けるんだと思ったら、押しつけられる嫁がどんな不細工でも、たとえ男でもどうってことないって思ったんだよ」

「な、なるほど……」

何やら身につまされる話である。

桜子も、母親に石化させられ、夜毎の悪夢に苛まされるくらいなら、男との見合いを受け入れたほうが楽だと思ったのである。

もちろんそこには、おかしな相手を選ぶはずがないという母への信頼と、自分は無理でも相手が断ってくれるんじゃないかという期待があった。

「でも…困ったな……」

「うん？　何が？」

「そういう事情となると、和彦のほうからこのお見合いを断ってもらうわけにはいかない…よね？」

「ああ、絶対に無理だ。俺は、あの母親にブツブツと文句を言われ続けるくらいなら、男の嫁をもらうほうがマシだと覚悟を決めたからな」

「うーっ」

「そっちはどうなんだ？　どうにかして断れないのか？」

「オレも…石化してあの目にうなされ続けるよりは、男の嫁になったほうがまだマシ……。男同士なんだから、同居って思えばいいわけだし……」

「同居…そうか、同居か……。嫁って考えるから厄介なんだよな。俺たちは、とんでもない母親を持った、かわいそうな同志だとでも思えばいいのか」

「そうなんだけど……」

桜子にはやはりためらいが残る。

和彦はまともそうだし、同性との結婚も嫌がっている。だが、バイという可能性が○《ゼロ》というわけではないのだ。

美女と名高い母に似た自分の容姿が、嫌というほど男受けするのを桜子はよく知っている。なので、どうしても信じきることができないのだった。

「ええっと…これの大前提は、あなたがそういう趣味の人じゃないっていうことなんだけど……」

「あー…貞操の危機ってわけか。大丈夫だ。その点は、安心していい。俺は、女にしか興味がないから。今まで遊んでこなかったとは言わないが、一度も男相手にその気になったことはないぞ」

「そう……」

ウソのなさそうな和彦の答えに、桜子はホッと胸を撫で下ろす。

「それにしても…分からん。お前の母親、女の子が欲しくてたまらなかったんだろう? なのになぜ、こんなに早く手放そうと思ったんだ? いくらなんでも、十七歳で結婚は早くないか? 出来ちゃった婚っていうわけじゃないんだから、普通はせめて高校を卒業してからだよな?」

「普通はね……。これには理由があるんだけど…宮下茉莉《みやしたまり》って知ってる?」

「ああ、有名なデザイナーだろう? うちの母親の友達とかで、わざわざパリコレに付き合わされたことがある」

「そう、その人。うちの母の友達でもあるんだけど…オレの服、全部その人がデザインしてくれたやつなんだよね。小さい頃からの知り合いなんだ」

「へー。ってことは、お前の服は、すべて宮下茉莉のオートクチュールってことか。えらい贅沢だな」

「……あんまり嬉しくないけど、助かることは確か。事情を知ってるプロがデザインしてくれた服って、やっぱりいろいろと補ってくれるからさ。でも、今回のことはその茉莉さんが原因なんだよね……」

「デザイナーが、どうしてまた？」

「あの人ってば、オレのウエディングドレスをデザインしたんだよ。すごくいいデザインが思い浮かんだとかで、それを嬉々としてうちのお母様に見せてくれて」

「あー…なるほど。話が盛り上がって、実際に見たくなったというわけか」

「そういうこと。もう、本当にすっごい迷惑。今のオレをイメージしてデザインしてるから、妙に可愛くてさ。いかにも十代の花嫁って感じなんだ」

その説明で、和彦にはすべて分かったらしい。こめかみの辺りを指でグリグリと揉みながら溜め息を漏らした。

「頭の痛いことだな、それは。えらく気に入ったうえ、二十代になれば似合わなくなると思ったわけか。普通、そんな理由で娘を嫁にやろうと考えるか？」

「普通じゃないんだよ。あんたんとこのお母さんだって、親友のお願いにホイホイ息子を差し出したくせに」

「……普通じゃないな」

「うん…普通じゃない……」

和彦と桜子は顔を見合わせ、どちらともなくハーッと大きな溜め息を漏らした。

「逃げられないのか……」

「逃げられないでしょう……」

「どうして俺は、あんな母親の元に生まれたんだ?」

「オレ、その言葉、百万回は言ってる」

「俺は、一万回くらいかな」

「いいね、少なくて」

「ははは……」

力のない和彦の笑いが、室内に虚しく響く。

「俺たちは、不幸の運命共同体だ」

「うん」

「事態をとめられないまでも、最悪なことにならないよう努力しよう」

「了解。母親の暴走は、最小限に」

「不可能でも、努力は忘れずにな」

「うん。努力は、大事だ」

努力と根性で女として周囲を欺いてきた桜子の言葉は重い。

和彦は不憫な…と思いつつ、テーブル越しに腕を伸ばして桜子の手をガッチリと握り締める。

「がんばろうな！」

「うん！」

そこにタイミング良く二人の母が戻ってきて、手を握り合った和彦と桜子を見てホホホと楽しそうに笑う。

「まぁ、仲良しさんね」

「やっぱり。二人は絶対に惹かれ合うと思ってましたわ」

「………」

「………」

礼儀作法はバッチリ叩き込まれているはずの二人が、ノックもなしに部屋に入ってきたことが怪しい。

ついでに、タイミングが良すぎることも怪しい。

隠しカメラでも仕掛けたか、それとも脅威の超能力か…と本気で疑いつつ、和彦と桜子は無言でソッと手を離した。
どうやら見合いは大成功のようだった。

★
★
★

最初から和彦に桜子を娶らせると決めていた二人の母親の行動は早い。見合いの翌日にはもう両家による会食までセットされていて、顔合わせのために夕食を神津家で摂ることに決まっていた。

顔合わせなので、どちらも両親と兄弟が揃ってのものである。それぞれ忙しい彼らが急に予定を合わせられるということは考えにくいので、やはり事前に予定が組まれていたらしい。

「ああ、気が重い……」

車の中での桜子の呟きは、両隣に座った兄たちの耳に届く。

「悪いな、桜子。俺たちに、あの母をとめる力はない」

「勇気もない」

「俺たち兄弟が束になったところで、あの人には敵わないからな」

「玉砕すると分かっていて立ち向かえるほど無謀じゃないんだ」

「……」

そんなのは分かりきっている。メデューサ化した母に敵う者などどこにもいないし、母にメロメロの父は戦う気さえない。

嫌で嫌で、なんとかしてやめさせたいと思っている当の桜子でさえ、母に立ち向かうことはできなかったのだから、兄たちにそれを期待するのは無理というものだった。

車中は重い溜め息で覆い尽くされたが、それでも車は無事に神津家に着く。

完璧なマナーを叩き込まれている兄たちにエスコートされて車を降りた桜子は、まずは軽い食前酒でも…ということで、応接室に通された。

神津家の面々は、それぞれがグラスを片手に勢揃いしている。

「まぁ、いらっしゃい」

和彦の母が両手を広げて歓迎し、簡単に互いを紹介すると食前酒が運ばれてくる。桜子とすぐ上の兄はまだ未成年だから、渡されたのはオレンジジュースだ。

「……………」

桜子は、神津家の面々を失礼にならないように気をつけながら観察する。

和彦は男ばかり三人兄弟の末っ子だ。上から邦彦《くにひこ》、達彦《たつひこ》と彦続きで、二人の兄は父親の仕事を引き継ぐべく真面目に会社勤めしているとのことだった。

(これはこれで、見事な遺伝子……)

どうやら神津家の三兄弟は、全員揃って父親似らしい。ズラリと並んだその顔は、実に似通っていた。

基本的なパーツが一緒なのだ。ただ、多少の年齢のずれと性格の差が表情に表れているため、間違うことはなさそうだった。

こうやって兄弟たちを見ていると、和彦の母がどうして桜子の相手として和彦を選んだのか、なんとなく分かるような気がする。

なんというか…邦彦と達彦はとても真面目そうで、変則的な桜子との結婚を受け入れるのは難しいのではないかと感じたのである。

その点、和彦は頭が柔軟そうだ。一人だけ、小説家なんていう職業を選んだことを考えても、実証されているような気がする。それに三男坊の気楽さも、この場合は良いほうにプラスしそうだ。

(さすがと言うべきなのかなぁ)

複雑な自分の相手として、人選は間違っていない。長男や次男では、面倒くさそうという予感がした。

そんなことを考えていると思わず溜め息を漏らしそうになって、桜子はそれをグッとこらえてジュースを口に運ぶ。

ふと、視線を感じた。なんとなく顔を上げてみると、自分のことをジッと見つめている達彦と目が合う。

いつの間にかほんの一メートルほどにまで近づいていて、怖いほどの視線で桜子を凝視していた。

「可愛い……」

思わずといった感じで出た呟きに、桜子はいつもの習慣でニッコリと微笑んだ。

「ありがとうございます」

褒め言葉には、笑顔でお礼を。子供の頃から何百回となく聞かされた賛辞に、桜子のほうも慣れたものだ。

本気でもお世辞でも、相手は似たようなことを言う。桜子は自分の考えに浸っていたこともあって、達彦のその言葉にたっぷりとした熱意がこもっていることには気がつかなかった。

達彦はクルリと体の向きを変え、自分の母に向かって文句を言う。

「お母さん、どうして私に見合いをさせてくれなかったんですか!?」

声をひそめるということをしなかったその言葉は、和彦の母だけでなくその場に居合わせた全員の耳に入った。

「は……?」

「なんだって？」

見合いで一目惚れをし合い、翌日には早速互いの家族の顔合わせ…ということになっている席で、一方の兄が言うセリフではない。

「どうしてですか、お母さん。私のほうが年も上だし、縁談があるとしたら私に先に聞いてくれてもいいいんじゃないかと思いますが」

「そうねぇ…深い意味はないのだけれど。なんとなく和彦さんと桜子さんは、相性が合いそうだと思って」

「そんなことは、実際に付き合ってみないと分からないじゃないですか。事実、私は桜子さんととても相性がいいという予感があります」

「それはどうかしら？」

小首を傾げてホホホと笑う和彦の母には、達彦の意見を取り合う気はなさそうだ。

達彦は再び桜子のほうを向くと、すぐ間近にまで来ていきなり手を握り締めてきた。

「桜子さん、和彦とはまだ結納も交わしていないことですし、和彦ではなく、私と結婚をしてください」

「――なっ!?」

桜子は、心の中でギャーッと絶叫する。

なんだって達彦がそんなことを言い出したのか分からないが、桜子にとっては迷惑以外の何ものでもない。

何しろ達彦は、桜子のことを女性だと思ってプロポーズしているのだから厄介だ。男とバレてキレられても困るし、男でもいいからと押し倒されるのはもっと困る。

ちょっとしたパニックに襲われて泳いだ桜子の視線の先に、キラーンと目を光らせた和彦が映る。

その表情には、「ラッキー！　縁談なんて、押しつけてやるぜ」という魂胆がはっきりと浮かんでいた。

和彦の裏切りに、桜子は怒り心頭である。

(同志だったんじゃないんか、こら――――っ!!)

そんなことは許してなるものかと達彦の手を振りほどき、激怒を表面に出さないように気をつけながら和彦に駆け寄る。そしてギュッとしがみつきながら言う。

「私は和彦さんが好きなんです！」

それから和彦が何か言い出す前に、その耳元に唇を寄せて小さな声で囁いた。

「裏切ったら、おば様に一年ストーカーしてもらうからな」

一週間でノイローゼになりかかったそうだから、一年は気が遠くなるほどつらいはずだ。

もし本当にそんなことをされたら、地獄の責め苦に違いない。ピキンと硬直した和彦の様子が如実にそれを物語っている。

「……場合によっては、二年に延長してもらうかも。三年でもいいかな。オレの気がすむまで、徹底的にやってもらう」

「………」

「それが嫌なら、今までと同じように同志として仲良くやっていくしかないんだけど……で？　どうする？」

「………」

桜子は顔に笑みを浮かべ、和彦の耳元で周囲には聞こえないように囁いているから、他の人間にはきっととても仲睦まじく見えるはずだ。それは見合いの席での一目惚れという説を後押しし、桜子の和彦が好きなんです発言に信憑性を与えるはずだった。

傍目にはとてもそうは見えない脅迫を受け、和彦は顔を引きつらせながらガシッと桜子を抱き返す。

「俺も、愛しちゃってるんだな！」

「嬉しい♡」

「だろうな、クソッ。達彦、俺たちが出会ったのは確かに見合いだが、お互いに一目惚れ

したんだよ。相思相愛ってわけだ。結納もすぐにやってやるから、俺のに手を出すんじゃねぇ」

「いっときののぼせ上がりじゃないのか？　お前、長い期間、一人の女性と付き合ったことがないだろう。そんなふうに桜子さんにも飽きたらどうする」

「そういう相手じゃないんだよ、こいつは。今までの女たちと比べたって意味がないね。まったく違うんだから」

桜子は和彦の言葉の含みに気がついて顔をしかめそうになるが、それはまずいと分かっているので無理して嬉しそうな表情を作る。

達彦がそんな桜子の顔をジッと見つめ、首を振りながら言った。

「ダメだ、認めない。本当に結婚するまで、諦めないぞ。私はお前と違って相手に誠実だから、桜子さんもきっと幸せにできる」

「バカなことを言うな」

「桜子さんにも私のことを知ってもらって、好きになってもらえるよう努力する。根気には自信があるからね」

優しげで、だが強く光る瞳に見つめられ、桜子は心の中で悲鳴を上げる。

（ひー……）

こういう一途なタイプは面倒だと知っている。女ばかりの高校で、達彦とよく似た目で自分を見つめる後輩につきまとわれてノイローゼになりかけたことがあった。

これまで相手が誰であろうと男と結婚なんて絶対に嫌だと思っていた桜子は、とてつもなく厄介そうな求婚者の出現で気持ちがガラリと変わる。

「お、お母様！　私、和彦さんを愛しているので、結婚式はなるべく早くお願いします!!」

「まぁ、桜子さんったら、そんなに和彦さんのことが好きなの？」

「ええ、もう、大っ好きです！」

桜子はもうほとんどやけになって力強く頷く。

「大好きすぎて、明日にでも結婚したい気持ちです」

「あら、それは困るわ」

「どうして？」

「ウエディングドレスは、どんなに急いでお願いしても一ヵ月から二ヵ月はかかると思うのよ。とても手が込んだデザインですもの。レースも特注しないといけないでしょうし。だから、そうねぇ…いろいろな準備もあるし、二ヵ月後くらいでいいかしら？」

「……………」

桜子のためにデザインされたウエディングドレスを着せたい一心で、和彦との結婚を仕組んだ母である。そんなものどうでもいいなどとうっかり言ったら、メデューサ化してしまうかもしれない。

「……それでオネガイシマス。あ、でも、できれば入籍だけでも先にしたいと思うんですけど、ダメでしょうか？」

入籍すれば和彦と結婚したことになるから、達彦も諦めてくれるに違いない。先ほど達彦は、結婚するまで諦めないと言ったのだから。

「まぁ、本当にアツアツさん♡」

「ラブラブね♡」

いったいどこでそういう言葉を拾ってくるのか知らないが、思わず脱力してしまいそうになる。

そこを気力でグッと持ちこたえ、桜子は誰にも見えない位置で和彦の腕をギュッとつねり上げた。

「お、俺からもぜひお願いします。少しでも早くサクラコさんとケッコンしたいんです」

ところどころ棒読みな感じなのはこの際気がつかなかったことにして、とりあえず二人の意思を表した。

「そうねぇ…どうしましょう」

「うちはお嫁にいただくほうですもの。瞳子《ひとみこ》さんのお気持ちしだいで、いつでもよろしくてよ」

「二人の気持ちが一番ですし、入籍は十日後にしましょうか。学園の創立記念だから高校もお休みで、覚えやすいでしょう?」

「まぁ、ロマンティック。私たちの母校でもありますものね」

「素晴らしい思い出の残る場所ですわ」

「ふふふ」

男連中は一切口を挟むこともできず、母二人によって話は進められていった。

とりあえず達彦の意見は退けられ、入籍は決まった。しかしそれが桜子の希望どおりかというと、ものすごく不本意である。

(どうしてこんなことにっ!!)

あいにくと、人生は不本意だらけだった。

★★★

いつもおっとりしているくせに、ここぞというときの母の動きは素早い。

月曜日、桜子が精神的疲労でヨロヨロしながらもいつものように高校に行き、おとなしく授業を受けていると学長室に呼び出しを受けた。

なんだろうかと思いながらノックをして中に入り、そこににこやかに微笑んでいる母を見つけてうめき声を漏らしそうになる。

「お、お母様。どうしてこちらに？」

「あなたの結婚のご報告にね。学長は快く了承してくださったわ」

学長の複雑そうな表情を見れば、それがウソだと分かる。

何しろ桜子はまだ十七歳の高校二年生。法的には結婚を認められているとはいえ、在学中のそれを学長が歓迎するはずもない。

おそらく西園寺家の名前と、毎年の多大なる寄付金がものをいったに違いない。それにこの母にノーと言える人間はいないのだ。

「西園寺くん、お母様に話は伺った。まだ若いとはいえ、心から愛する人ができたのは素晴らしいことだね」

「……ありがとうございます」

「当校としては実に複雑ではあるものの、生徒の意思は尊《とうと》ぶ。結婚に反対しないが…他の生徒には秘密にしてもらえるかな？　キミはこの高校の誇りでもあるし、他の生徒たちの心が乱れるのはありがたくないのでね」

「はい、分かりました」

桜子としても結婚することは知られたくないので、そのほうが好都合だ。うるさく騒がれるのはごめんだった。

「授業に戻りなさい」

「はい。失礼します」

一礼をして学長室から退室し、ハーッと溜め息を漏らす。

（どんどん追い詰められていく……）

もう逃げ場はないと知りながら、もがきたくなるのが人間というものだった。

男とバレちゃいけないという気疲れに加え、和彦との結婚騒動で桜子は、もう思いっきりバテている。

家に帰りつくや自分の部屋に閉じこもり、見る気もないテレビをつけてベッドに横になっていた。

それでもすべてを知っている家政婦頭が心配して、桜子の大好物であるパンプディングをオヤツに持ってきてくれたおかげで、ずいぶん気分が浮上する。

優しい舌触りと味のこのパンプディングは、桜子が弱っているときにシェフが作ってくれる特別な食べ物だ。普段はもっと手の込んだ華麗なデザートを作りたがるくせに、桜子のためにはこんな素朴なものも作ってくれる。

愛されてるなぁと思いつつ、ありがたく皿を空にした。

少しは建設的な気持ちになって明日の予習をしていると内線が鳴って、桜子は一瞬ビクリとしながら受話器を取る。

「はい？」

『桜子さん、お客様がいらしてるから、応接室に来てちょうだい』

いつものことながら、おっとりとして耳に優しい母の声。しかしこの声を聞くと、桜子の背筋は無意識のうちにピッと伸びるのだった。

「分かりました」

受話器を置いて、自分の格好を見下ろす。

家の中だからといってパジャマもどきの部屋着でウロチョロさせてくれる家ではないので、ブラウスにスカートというそれなりの服を着ていた。

けれど平日の夕方に来る客ということは、母の知り合いか親戚だ。

「……ってことは、お嬢様度の高い服だな～」

大抵のおば様方は、桜子のドレスが白か淡いピンクの清楚系で、少しレースなんかがついているととても喜ぶ。今、桜子が着ているような、なんの飾りもないブラウスでは受けが良くないのだった。

仕方なく桜子は、大きなクローゼットを開いて一枚のワンピースを選び出す。

それに着替えて髪を梳かし、おかしいところはないと鏡でチェックしてから応接室へと向かった。

コンコンとノックをすると、中からすぐに応えがある。

「はい、どうぞ」

「失礼します」

カチャリと扉を開けて視線を上げ、そこにいたのがあまりにも思いがけなかった人物だったことに桜子は目を瞠った。

「た、達彦さん!?」

「こんにちは」

「こ…こんにちは……」

挨拶をされてこんな状況にもかかわらずきちんと頭を下げるのは、母にきっちりと礼儀作法を教え込まれたせいだ。

「あ、あの…どうしてここに……? 会社はどうなさったんですか?」

「休みました。有給が溜まっているので、一週間ほど休暇を取ったんです。キミに、私のことを知ってもらいたいですからね」

「そ、それは……」

ものすごく困るし、ものすごく迷惑…と本人を前にして言うこともできず、桜子は顔を引きつらせる。

昨日のプロポーズは本気だったのかと今更ながら実感し、十日後には入籍すると聞いているはずなのに諦めなかったのかと頭を抱える。

「達彦さんのことは、和彦さんのお兄様としては知りたいと思います。でもそれは、あくまでも義兄になる方としてなのですけれど……」

「知ってもらえれば、男として愛してもらえるかもしれないでしょう?」

（いや、ありえないから）

心の中での突っ込みは声にならず、かといって絶句している場合でもないと気を取り直して諦めさせにかかる。

「私は、和彦さんを愛しているんです」

「桜子さんはまだ若い。もっといろいろな人と知り合って、それから結婚相手を選んだほうがいいと思いますよ」

「和彦さんは、運命の相手だと思っています」

「一番最初にそういう相手として出会わされた異性なので、思い込んだということもありうるのでは？」

「違います。本気です」

「若いうちは、そう思い込むものですよ。特にキミは、西園寺家が風にも当てないように育ててきた温室の花だ。外がどういうものか知る前に、和彦という異性をあてがわれたのでは選びようもないでしょう？」

「私は確かに温室育ちかもしれませんが、母にあてがわれた方を誰であろうと受け入れたりはしません。和彦さんだからこそ、結婚したいと思ったのです」

達彦に押しきられるわけにはいかない桜子は、何を言われようが頑として受けつけない。

母は呑気に紅茶を楽しむばかりで加勢してくれないのだから、自分で戦うより他にしょうがなかった。

達彦はそんな桜子をうっとりと見つめる。

「キミのその凜とした姿が愛おしい」

「………」

甘ったるいセリフに服の下で鳥肌が立ったが、幸いにして長袖だ。誰にも見られることなく気持ち悪がることができる。

桜子は、キッと母を見つめて言う。

「お母様、どうして達彦さんをお通ししたのですか？　私は和彦さんを愛しているので、達彦さんに求愛されても困ってしまいます」

「恋愛は自由だから、邪魔はしたくないと思っているの。それに達彦さんとは家族になるのだから、追い返すなんてできないでしょう？」

「………」

「そうそう、達彦さん。もうすぐお夕食の時間ですけど、一緒に食べていかれる？」

「お願いします」

「お母様!?」

どうして達彦を夕食に誘うんだと非難の声を上げる桜子に、母は少しばかり笑顔に気迫を込めつつにっこりと笑って言う。

「桜子さん、あと三十分でお夕食ですよ。手を洗ってらっしゃい」

「……はい」

桜子は母の変化に敏感だ。少しでも恐ろしげな気配があるとそれを感じ取り、下手なことを言ってはいけないと自分を律する。今もまさにそのときで、母が招いた客に失礼をしてはならないと本能が告げていた。

桜子は応接室を出て、今にも駆け出しそうになる自分を抑える。

しかし部屋に入るなり鍵をかけて受話器を取り上げると、この前和彦に聞いておいた番号をダイヤルする。

「もしもし！」

『あ？　誰だよ』

「オレ！　西園寺桜子。大変なんだよ。今うちに、達彦さんが来てるっ」

『達彦が？　なんで？』

「なんでって…昨日の続きというか……。セマられてます、オレ」

『へー。意外と行動力あるな、あいつ。早速、攻め込んだわけか』

「夕食を食べていくとかいう話になってるから、和彦も来て！」

『面倒くせぇ』

「はーっ!?　そういうこと、言う？　それでなくても厄介な状況が、あんたのお兄さんのせいでますます厄介になってるんだぞ！　男と結婚なんかしたくないのに、入籍だけでも早くしたいなんて言わなきゃいけなかった気持ちが分かるか!?　男に迫られるオレの気持ちが分かるのか？」

桜子の部屋はしっかりとした防音設備が施されているから、受話器に向かってここぞとばかり怒鳴りまくる。

『あー、うるさい。はいはい、分かった、分かった。行くよ。行って、兄貴との間の防波堤になればいいんだろう？』

「早くね。五分後にはそこを出る感じでよろしく。うちの夕食、六時だから」

『ああ。大至急、そっちに向かう』

「待ってる」

桜子はプツンと通話を切って、大きく息を吐き出した。

「……疲れる」

朝からずっと高校に行って男とバレないように気を使って、ようやく息がつけるはずの家でもこんな緊張が強いられるとなると、精神的にかなりつらい。

「ああ、そうだ。お母様に和彦が来ることを言わないと……」

母はきっと、桜子と和彦の思いがけない成りゆきを楽しんでいる。達彦の横槍だって、面白いと思って見ているに違いない。

「どうしてこんなことに……」

桜子はもう何度呟いたか分からない言葉を口にして、これまたもう何度目になるか分からない大きな溜め息を漏らした。

★★★

達彦が有給休暇を取ったという一週間。宣言どおり毎日桜子の家を訪れて、母立会いのもと、桜子との交流を図ろうとした。

それに対抗するため、まだ次の締め切りまでには時間的に余裕があるという和彦を脅して家に来てもらう。

おかげで一週間もの間、桜子と和彦は何百回も「愛」という言葉を口にすることになったのである。

神経をすり減らすような一週間を過ごし、ようやく迎えた入籍の日には、役所に行って届けを出すのと同時に、桜子は和彦の部屋に引っ越しをすることになった。

声高に愛を叫んで急いで入籍したのに、一緒に暮らさないとなると達彦に怪しまれそうだったからだ。

和彦の部屋には家具がすでに揃っているので、桜子が持っていくのは本当に衣服などの必要なものだけだ。知らない人間に荷物を触られるのが嫌なので、家政婦頭と二人で荷物を仕分けして、執事に一緒に運んでもらった。

午後から用事のあった母は、桜子が新しく住むことになるマンションの中を見学して、残念そうに帰っていった。

　執事と家政婦頭も荷物をしまい終わると帰ってしまったので、今ここにいるのは和彦の母だけである。

「ねぇ、桜子さん。和彦のこの部屋で、本当によろしいの？」

　和彦の母がこう聞くのは、何も初めてのことではない。かなり高級なマンションの三ＬＤＫは一部屋一部屋が広いのだが、和彦の母からすると手狭に感じるらしい。

　最初のときなどは、結婚祝いに一軒家を贈ると言われた。しかも、ここはどうかしらと見せられた物件はどれも立派なものだったのである。

　自分自身、生まれたときから屋敷というのにふさわしい家に住んでいるが、それでも子供が増えることのない変形夫婦には大きすぎる家ばかりだった。

　こんな家に住んだら、さすがに人を雇わないわけにはいかない。しかしそれは、絶対に避けたい桜子だ。

　曖昧な返事をすればグイグイ押してくると知っているだけに、断言するその口調は必要以上にきっぱりとしたものになる。

「はい、もちろんです。二人で暮らすには、充分ですから。できれば、人の手を入れずに自分たちだけで暮らしたいと思っていますので」

聞きようによっては新婚らしいセリフだが、当然のことながらそこに甘いものは込められていない。ただただ、実用一点張りだ。

何しろ、部屋が三つにリビング、キッチン、浴室にトイレ。和彦の仕事部屋だけは入らないように言われているのでいいのだが、その他は自分で掃除しなければならない。聞くところによると和彦は家事はほとんどしないそうなので、人を雇わないとなると、やるのは桜子一人ということになる。

「広さもどうかと思うのだけれど、このお部屋、とても殺風景でしょう？　つまらなくないかしら」

「ええっと…普通…だと思いますけど……」

むしろ、きっちりトータルコーディネートされていて、プロの手が入っているのではないかと思うほどだ。

桜子の部屋などは母の趣味でとても女性らしく仕上がっているため、シンプルでありながら調和が取れているこの部屋はとても好ましく映る。

「男性の一人暮らしとしてはいいのかもしれないけれど、桜子さんも一緒に住むことだし…この機会に、思いきってインテリアを変えないこと？　家具をロココ調かアールデコ調にして、カーテンもレースのものに変えるの。ああ、いっそ壁紙からすべて変えたほうがいいかしらね。きっとお部屋が明るくなると思うわ」

「………」

「………」

キラキラしくも少女趣味な内装を想像して、桜子と和彦は無言になる。

「やっぱり、新婚さんならロココ調かしら。寝室もうんとロマンティックなものにして、ベッドも買い替えたほうがいいわね。天蓋つきなんか素敵じゃないこと？」

「………」

「………」

二人は顔をピキンと引きつらせ、心の中で絶叫していた。

（絶対、やだ――っ!!）

（ありえね――っ!!）

このまま黙っていると、了承したと取られかねない。

桜子はグッと気力を振り絞り、和彦の母に言う。

「も、もしもインテリアを変えたくなったときは、二人でいろいろと話し合って決めたいと思います。カタログを見るのも、楽しいですし」

「そうだ、そのとおり！　どういう家具にするのか考えるの、結構楽しいからな！」

勢い込んで桜子に加勢する和彦に対し、和彦の母は怪訝そうな視線を向ける。

「まぁ、和彦さんがそんなことを言うなんて。あなた、この部屋を調えるとき、考えるのが面倒だからとお友達のインテリアデザイナーの方にお願いしたでしょう?」

「いや、あのときは仕事が忙しくて……。それにほら、独り身だったわけだし。相談する相手がいるなら、そういうのも楽しいんじゃないかと……」

「まぁまぁ。和彦さんもずいぶん変わったこと。よっぽど桜子さんが可愛いのね」

「………」

「………」

コロコロと楽しげに笑う和彦の母とは対照的に、二人は無言だ。なんとも複雑な表情を浮かべている。

もちろんそれは和彦の母にだって見えているはずだが、桜子の母と同様、自分に都合の悪いことは目に入らないようだった。

「それでは、私は退散しますわ。新婚のお二人を邪魔してはかわいそうですものね。何か必要なものがあったら、遠慮なく電話してくださいな」

「はい。ありがとうございます」

二人で和彦の母を送り出して、リビングに戻った途端、ソファーにグッタリと座り込む。

「つ…疲れた……」

「危うく俺の部屋が少女マンガになるところだった……」

「なんでこんなことになったのかな〜?」

それは桜子と和彦の共通の認識である。

本当はもっと時間を稼ぐはずだった。婚約は仕方ないとしても、なんだかんだと理由をつけてズルズルと引き伸ばしをする予定だったのだ。

最悪でも高校を卒業するまでは引っ張るつもりだったのに、見合いから十一日後に入籍なんていうことになっている。

「達彦さんのせいで、いろいろ予定外」

「俺だってだよ。ここは俺の城だったのに、まさか男のヨメが一緒に暮らすことになるとは……」

ごく親しい男友達はこの部屋で飲んだりもするが、女性は皆無だ。

何しろ女という生き物は、狙った男のテリトリーに入ると、すぐに自分の匂いをつけようとする。掃除をしてあげる、料理を作ってあげると言っては、自分の色に染めようとするのである。おまけに、それで自分は特別だと思い込むからたまらない。

何度か同じような失敗をしたあと、和彦は一切女性を部屋に入れないことにした。

「男のヨメで悪かったね。でも、まぁ、考えようによっては、あんたの城ではなくなっても、まだ男の城のままだよ。良かったね。……にしても、思ったより片付いてるなぁ。マメに掃除をするタイプには見えないけど」

「十日に一度、ハウスクリーニングを頼んでた。一昨日がその日だったから、まだ綺麗なんだよ」

「食事は？」

「外食かテイクアウトオンリーだな。ああ、でも、洗濯だけは自分でやってるぞ。家の中で着るもんだけだが」

「全自動なんだから、洗濯機に突っ込んでスイッチ押すだけでしょ。しかも、見たら乾燥機に入れっぱなしだったけど」

「中から着るもんを引っ張り出して着てるからな。家の中だけなんだからシワを気にする必要もないし、わざわざクローゼットにしまうの面倒くさいだろう」

「無精者……」

「男の一人暮らしなんて、そんなもんだ」

「そうなのかな～？」

それがどんなものなのか、桜子にはよく分からない。テレビで見る感じだとかなり悲惨そうだが、あれは極端な例なんじゃないかと思っていた。

桜子は、家から離れて暮らすのは初めてだ。花嫁修業にと家事全般はしっかり身につけているが、それが実践で役に立つかはやってみないと分からない。

「まぁ、でも、ご飯だけちゃんと食べていれば、なんとかなるから」

部屋が多少汚れても、洗濯物が溜まっても、食事さえきちんと摂りさえすれば問題ない。

そして桜子は、料理には自信があった。

「そういえば重田《しげた》さんが、冷蔵庫に何も入ってないから、買い物してくださいって言ってたなぁ」

「重田さん?」

「うちのシェフ。さっき来て、キッチンに必要なものを揃えてくれた人」

「ああ。あの真面目そうなおっさん」

「真面目だよ~。無口だけど、優しいし。今日も、オレには何が必要か分からないだろうからって、わざわざ来てくれたんだ」

「可愛がられてるな」

「うん。それは認める」

桜子に料理を教えるのは仕事ではないはずなのに、嫌がることなく親切に教えてくれた。

重田は桜子が少女だと思っているから、料理は覚えておいたほうがいいと思っていろいろ教えてくれたのかもしれない。

「とりあえず、買い物に行こう。この近所のことも知らないし、いろいろ教えてもらわないと。最低、スーパーと本屋さんくらいは」

「近くて小さめのスーパーと、少し離れてるが大きいスーパーと、どっちがいい？」

「う～ん…できれば、車が停めやすいほう。学校帰りに寄ることも多いだろうし、品揃えは豊富なほうが嬉しい」

「分かった。歩きだと、十分くらいかかるぞ」

「いいよ、それくらい」

いつも車で外出させられているが、歩くこと自体は嫌いじゃない。足に合わせて作ったオーダーメイドの靴は華奢に見えるが、しっかりとしたクッションが入っているので一時間歩き詰めでも負担は少なかった。

「んじゃ、散歩がてら行くか」

「うん」

初めての街は、見るものすべてが目新しい。

和彦が住んでいるのはいわゆる高級住宅地なので、並んでいる店はお洒落で個性的なものが多い。桜子は母の友人に服を作ってもらっているから、こんなふうにウインドーショッピングをするということはまずなかった。

目的地まで車で行って、また車で帰るというのとは違って、ただ歩いているだけでも楽しい。

桜子は、どこにいても目立つ。それは学校やたまに出かけるパーティーなどからの経験で、充分すぎるほど理解していた。

男は、美しい少女を見る視線にいろいろな意味を込める。それは単純に鑑賞する瞳であったり、欲望を潜めた目つきであったり、母に込めるのと同じ憧憬だったりといろいろである。

そして女は…もう少し意地の悪いものが多い。もちろん憧れの瞳で見られることも多かったが、それ以上に自分のライバルとなる相手に対して、粗《あら》を探して貶めようとするほうが多かった。だからこそ桜子は常に完璧な女性を装う必要があるのである。

そして和彦も、同じようにとても目立つ。百八十センチを超していそうな長身に、男らしいハンサムな顔が乗っているのだから当然だ。そしてそれだけでなく、和彦自身から発せられる明るいオーラというか、華のようなものが人の目を引くのである。

こうして二人で歩いていると、周囲からビシビシ視線が飛んでくるのが分かる。二人でいるせいかいつもよりも多い気がするが、和彦が女性の目を引いてくれるので桜子としてはずいぶん楽だった。

桜子は、男性の目よりも女性のほうが怖い。異性を見る男性の目はかなり甘くなっているが、女性は厳しいからだ。

その女性の目が和彦に集中していることで、桜子は肩から力を抜いて普段より少しだけリラックスして店を眺めることができた。

ジーンズショップの前を通りがかったとき、桜子は思わず立ち止まってマジマジと見つめてしまう。

「なんだ？　欲しいのか？」

「え？　う〜ん…欲しいっていうか……」

どうにも歯切れが悪い桜子の返事に、和彦は首を傾げる。

「金がないっていうんなら、俺が買ってやるぞ。ヨメさんだからな」

「うっ……」

和彦は「嫁」と言うたびに、そこにたっぷりの皮肉を乗せる。お前のせいでこんな目に…と言いたいのだろうが、それは桜子だって同じだ。

ただ、桜子より和彦のほうにより同情を寄せるべきだということは分かっている。何しろ二人がこんな羽目に陥ったのは、桜子の母が、桜子のウエディングドレス姿を見たいという理由だからである。

和彦の母が桜子の母の親友でなければ、和彦は今でも一人マンションでのほほんと暮らせていたはずだった。

「いや、あの…必要なお金はもらってるから大丈夫。そうじゃなくて、ジーンズって持ってないなぁと思って」

「はっ？　なんだって？」

「ジーンズ、持ってないの」

「………」

和彦はたっぷりと沈黙し、桜子をマジマジと見つめる。

「お前、高校生だよな？　いくらお嬢様だからって、そんなやつがこの日本にいるのか？」

「それなりにいると思うけど。うちの高校とか」

「いくらお嬢様でも、普通、一着くらいは持ってないか？　学校でキャンプとか行くとき、いったいどんな格好するんだよ」

「うちは、学校行事はすべて制服とジャージだから」

「さすが、お嬢様校。堅いな」

「そもそもオレ、パンツ自体、持ってないんだよね。ほら、もともとうちのお母様は女の子が欲しかった人だから。オレの服は、全部スカート。オレも、下手にパンツなんて穿いて男だと疑われるの嫌だったたし。リスクは極力避けたいと思うと、どうしても女らしい格好になっちゃって」

「因果だな」

「我ながら、かわいそうだとは思う。レースとフリル、スカートが標準装備って……。もっとも最近は、茉莉さんにお願いして普段着用のシンプルな服も作ってもらってるんだけど」

それでもやっぱりスカートなのは変わらないけどねと力なく笑うと、和彦は同情したような視線を向ける。

「もう人妻なんだし、自分の好きな服を着ていいんじゃないか？　手始めはジーンズからだな」

そう言って桜子の手を引っ張り、店内に足を踏み入れる。

「いらっしゃいませ」

「どういうデザインがいいんだ？」

「デザインって言われても……」

正直言って、どれも同じに見える。裾の辺りの幅が少し違うようだが、あとはみんな同じなんじゃないかと思った。

「外用と中用と、両方買うか？」

「え？　何、それ」

「外用は、体にフィットしたラインやビンテージ。中用は、ルーズで楽なタイプ。俺はそのあたり、きっちり分けてるぞ」

「どうして分けるの？？？」

「ピッタリのサイズは、家で着るには少し窮屈だからな。それに、ビンテージを普段着にするわけにもいかないし」

「ビンテージ……」

ピンと来ない表情で呟く桜子に、和彦は箱入りにもほどがあるだろうと思いながら説明をする。

「簡単に言うと、昔作られて、今はなかなか手に入らないジーンズのことだ。結構、高いんだよ、これが」

「ああ、アンティーク」

「……まぁ、そうだ。普通、ヴィンテージっていうけどな」

「古着でしょ？　そういうのは、あんまり好きじゃない。どんな思いが込められているか分からないから、ちょっと怖くて。普通のでいいよ。和彦、選んで」

店員の目があるから、どうしても女性としての甘えた口調になってしまう。

和彦のほうもそれを分かっていて、おかしそうに笑いながらわざとらしいほど甘やかす口調へと変わった。

「いいぞ。桜子は、ジーンズを買うの初めてだもんな。お前に似合いそうなの、選んでやるよ」

「……ありがと」

白々しくて殴りたくなるが、和彦はかなりのハンサムなので女性店員はその甘ったるい声にポーッとしている。ついで、いいなぁ…といった視線を向けられ、桜子はなんとも言えない気分に陥った。

女の子なら、こんなハンサムにエスコートされるのは嬉しいのだろう。神津家は名家だし、見合いだって結婚だってきっと喜んでするに違いない。

（でも、オレってば、男なの……）

だから和彦がどんなにハンサムだろうと、金持ちだろうと、結婚できて嬉しいなんて思えないのだ。

しかし、思ったよりもいい人間だとは思っている。なんだかんだ文句を言いながらも桜子の意見を聞いてくれるし、何よりも話しやすい。かなり特殊な桜子の事情にもかかわらず、柔軟に対応してくれた。

今だって、桜子がジーンズを欲しがっているのに気づき、買いやすいように誘導してくれたのである。

「普段使いは、これだな。シンプルで飽きが来ないし、穿きやすそうだ。外用はこれ。ラインストーンが可愛くないか？　さすがにこういうのは女じゃないと無理だからな」

そう言って和彦が見せたのは、裾から太腿にかけて花の刺繍とラインストーンで飾られたジーンズだ。刺繍の色が抑え気味だから、子供っぽい感じはしない。

「……………」

おそらくこれは、桜子が外では女であることを疑われないように気を使っていることを知っての選択だ。男女の区別が分かりにくいジーンズでも、このデザインなら男だと思う人間はいない。

それでいて、可愛すぎない。慣れたとはいえレースとフリルには辟易している桜子にも、充分許容範囲だった。

「サイズは合っていると思うが、一応、試着してみろ」

「あ、うん」

二着のジーンズを持つ店員に案内され、桜子は試着室に向かう。

今日はワンピースじゃなくて良かったと思いつつ、スカートを脱いでジーンズを穿いてみた。

まずは普段着用のほう。ウエストのほうは緩めだが、ずり落ちるようなことはない。生地が硬くてゴワゴワしているものの、窮屈という感じはしなかった。

桜子がソッと試着室の扉から顔を覗かせると、椅子に座って待っていた和彦がマジマジと観察してくる。

「うん、大丈夫そうだな。裾が少し長いから、切ってもらうか。ちょっと待ってろ」

そう言って試着室の中に置いてあったクリップを摑み、足元に跪いてジーンズの長さを調整する。

「こんなもんだな。……すみません、直しはどれくらいでできますか？」

「三十分ほどお時間をいただけますか？」

「ああ、じゃあ、帰りにまた寄ります。ほら、桜子。もう一着のほうも穿いてみろ」

「うん」

試着室の扉を閉めてジーンズを脱ぎ、もう一着のほうを穿く。

「うっ…ジャスト……」

ウエストのサイズも服のサイズも教えた覚えはないのに、驚くほどピッタリだ。メジャーみたいな目を持っているのか、それとも女性に服をプレゼントする趣味でもあるのかと疑ってしまう。

実際に着てみるとライトの下で刺繍が綺麗に浮き出ているし、ラインストーンは思ったよりも派手ではない。足が長く見える。

「着たか～？」

「……着た」

意外と面倒見のいい和彦は、最後まで試着に付き合ってくれるようだ。扉からヒョッコリ顔を覗かせた桜子の姿をしっかりとチェックする。

「こっちは裾直しの必要がないな。うん、綺麗なラインだ」

「……変じゃない？」

「いや。似合ってるぞ」

和彦はこんなことでウソをつかないと、もう分かっている。だから桜子はホッとして、笑顔を浮かべることができた。

「じゃあ、これも買う」

「ああ。脱いで、こっちに寄こせ」

「うん」

桜子はジーンズを脱ぐとスカートに穿き替え、鏡で服装が乱れていないかチェックしてから外に出る。

和彦は桜子の手からジーンズを受け取り、それを店員に渡しながらカードを差し出す。

「一回払いで」

「え、いいよ。自分で払います」

「買ってやるよ。ツマのために、それくらいは当然だろう」

「………」

ニヤリと笑ってそんなことを言う和彦に、桜子はうっと息を詰まらせる。

店員がレジに向かうため離れると、声をひそめて和彦に聞く。

「ど、どうしちゃったわけ？」

「ああ、もう、開き直った。今更クヨクヨ悩んだって仕方ないしな。なんたって俺たち、入籍ずみのフウフだから」

「ふ…夫婦……」

「同居すんのも撤回できないんなら、楽しんだほうが得だろ？　こうなったら、ジョシコウセイとの新婚生活を楽しむさ」

「女子高生……」

和彦に何か言われるたびに、すみませんと言いたくなる。

「まぁ、気にするな。考えてみたら、こんな経験はそうそうできないしな。どうなるか分からんが、前向きに同居してみよう」

「はぁ……。羨ましいほどポジティブ……」

「性格だからな。お前もとっとと割りきれ。ババアどもの思惑に乗るのは腹が立つが、だからって文句ばっかり言っってても仕方ない」

「まぁ、そうだね……。うん、オレもポジティブに考える」

「そうしてくれ。鬱陶しい同居人は勘弁してほしいからな」

「はいはい」

話がついたところでレジに向かい、和彦がレシートにサインをして店を出る。荷物は直し分と一緒に帰りに受け取ることになった。

これといって急ぐ必要もないので、時折気になった店をひやかしながらのんびりスーパーへと向かう。

目当てのスーパーに辿り着いたときには、ずいぶんと時間が経過していた。

さほど大きくないとはいえ駐車場が用意されたそこは、場所柄なのか高級スーパーである。通常の食材に加えて、キャビアやフォアグラなどの三大珍味、エスカルゴやロブスターまで売っている。

「よく来るのか？」

「ううん、あんまり来たことない」

実際は、ほんの二回ほどだ。一回目は小学校のときの社会科見学で、スーパーで好きなお菓子を五百円分買うというものだったのである。桜子だけでなく、他にもスーパーに行ったことがないという子が多かったから、事前に買い物の仕方を教わっての実地訓練だ。二回目は去年。高校の文化祭の準備のとき、必要なものが足りなくなって、クラスメートに誘われていった。

どちらも物珍しく、楽しかった経験だ。

和彦はカートに買い物カゴを乗せて、店内を回り始める。

「夕食、何が食べたい？」

「って言われてもなぁ。何を作れるのか、見当もつかないし。腹を壊さなきゃいいさ。お前の得意料理にしてくれ」

何しろ桜子はお嬢様だ。シェフも雇っているとのことだし、いったい何を食べさせられるのか戦々恐々というところである。

「あ、失礼な。大丈夫。オレ、料理上手だよ。うちのシェフの太鼓判つき」

「あっ、そう」

まったく信用していない顔で、和彦は肩を竦めた。

シェフも所詮は雇われの身。主の娘であるお嬢様相手に、きついことは言えないだろう。当然、その評価は信用できない。

隠すつもりのない和彦のその表情が、桜子を憤慨させる。

「もう！　本当に上手いのにっ。見てろ〜。すごく美味しいもの作って、ビックリさせてやるからな」

「はいはい。がんばってくれ」

「腹立つ……」

桜子はブツブツと文句を言いながら、それでも広い店内を回っているうちについ楽しくなって笑みを浮かべてしまっていた。

スーパーで購入した荷物は三袋。重いものは和彦が持ってくれて、帰り際に先ほどのジーンズを受け取ってマンションへと戻る。

部屋に入ると、桜子は早速買ってきたものを冷蔵庫の中にしまい始める。そして和彦は、いったん自室に戻って服を着替えてきた。

とはいっても、シャツにジーンズというのは変わらない。ただシャツはヨレヨレだし、ジーンズも腿の辺りにずいぶん余裕があるものだ。

キッチンでエプロンをつけようとしている桜子に、不思議そうに問いかける。

「なんだ、着替えないのか？」

「う～ん……」

「そんなんで料理したら、汚れるだろうが。せっかくだから、さっき買ったジーンズを着ろよ。家の中なんだから、ボディスーツも脱いでいいぞ。窮屈だろう？」

「うっ…そうだけど……」

「あんまり女女した格好をされて、変な気分になっても困るしな。できるだけ気楽な感じで同居してくれ」

「わ、分かった」

変な気分になられて困るのは、桜子のほうだ。だから強張った顔でコクコクと頷いてしまった。

桜子の部屋となった客間に先ほど買ったジーンズを持ち込み、ブラウスとスカートを脱ぐ。そしてしばらく躊躇してからボディスーツを脱いだ。

「ふぅ……」

オーダーメイドのそれはあまり体を締めつけないのだが、それでもやはり脱いだときの解放感は特別なものがある。

ホッと体から力を抜いて、ハサミでタグを切るとジーンズを穿いてみた。それに、シンプルなコットンのシャツも合わせる。

「……」

鏡に映るのは、いつもの自分とは違う。

やはりボディスーツを脱いでこういう格好をすると、あまり女性には見えない。しかしだからといって男に見えるかというと、それもまた否定される感じだ。

ひどく中性的なのである。

顔は完璧に女顔だし、伸ばしている髪からしても首から上は女性だが、平らな胸と服の中で泳ぐ華奢な体が女性としての存在を曖昧にしていた。

家の中でも男でいる時間は少ないから、見慣れない自分の姿に戸惑いを覚える。

桜子はしばしの逡巡のあと、恐る恐る部屋から出てリビングに向かった。

「お?」

ソファーに座って新聞に目を通していた和彦が、桜子に気がついて視線を上げる。

「に…似合う?」

「似合う、似合う。新品すぎて笑えるが、穿き込めばそのうちいい感じになっていくんじゃないか?」

「笑える?」

「俺は、どっちかっていうとクタってるジーンズのほうが好みだっていうことだ。それこそ嗜好の問題だよ。別にそのジーンズがおかしいってわけじゃない」

「ならいいけど……」

桜子はホッとしたように自分の姿を見下ろす。

「しかし俺、お前の母親に怒られないか? 可愛いムスメにジーンズなんて穿かせてまずかったかな?」

「んー…バレたら、ちょっと嫌な顔されそうかも。大丈夫、要はあの人に見られないようにすればいいだけだから。家の中と、あとはちょっとした買い物に出かけるときだけにすればいいんだろ?」

「まぁ、そうだな。それから、もう何着かジーンズを買って、わざわざアイロンをかけなくてすむようなシャツも買ったほうがいいな」

「これじゃ、ダメ？」

桜子がコットンのシャツを引っ張りながら聞くと、和彦は肩を竦める。

「普段着で、いちいちアイロンをかけるのは面倒くさいだろ。お前、俺と違ってシワシワでもいいとは思わないみたいだし。明日にでも買い物に行くか」

「明日、学校あるんだけど」

「うん？　明日は平日か？」

「……………」

どういう質問だと、桜子は眉を寄せる。新聞を読んでいるくせに、曜日感覚もないのかと呆れてしまった。

「そんな目で見るなよ。小説家なんてしてると、今日が何曜日かなんて関係なくなるんだよ。日付は、締め切りの問題があるから気をつけてるけどな。土日が休みのサラリーマンとは違うんだから仕方ないだろう」

「そういうもの？」

「ああ。同業者はみんな同じようなこと言うぜ」

「ふ～ん」

道理で和彦の母が、和彦のことを憂うわけだ。結婚式のことで二度ほど顔を合わせたが、できれば小説家を辞めて家業を手伝ってもらいたいと言っていた。和彦の適当な日々が、桜子に悪い影響を与えるのではないかと心配しているようだった。

「でもオレ、学校にはちゃんと通うよ。明日からは自分で朝食も作らなきゃいけないし、ちゃんとしなきゃ。あ、朝食のときにあんたも起こすから。おば様に、これを機にあんたの生活もまともにしてくれって頼まれてるんだ」

「冗談。お前、出かけるの何時だよ」

「七時半に迎えの車が来ることになってるから…朝の支度して、朝食を作って、食べて…六時半起きかなぁ。う～ん、今までと変わらない」

実家から高校までは距離があるので、ここから通うより時間がかかるのだ。

新しい生活はいろいろ大変そうだが、とりあえず今までより早く起きる必要がないのは安心した。

「六時半！　ありえないだろ、それは！」

「いや、普通だと思う。あんただって高校のときはそれくらいに起きてたんじゃないの？」

「高校……？」

和彦は眉を寄せ、遠い記憶を引っ張り寄せようとする。

「高校のとき、何時に起きてたかな、俺？　マジで覚えてないが…六時半はないだろう。自分が七時台に起きてたっていうのも、考えられないな」

「普通だってば。怠惰な生活が長すぎて、感覚が狂ってるんじゃないの？　なんか、おば様の言うことが分かった気がするぞ。朝とか昼に寝て、夜は仕事。食事は全部外食かテイクアウトなんて、絶対良くない」

「大人はそれでもいいんだ」

「そんなことしてたら、年取ってからガタッと来るぞ。今は若さの馬力で走ってる車も、ちゃんとメンテナンスしないとボロボロになるんだからな」

「お前、年寄りくさいこと言うな」

「し、失礼な！　テレビだって、健康番組が結構視聴率取ってるだろ。うちの高校は食育とかに力を入れてるから、自然と頭に入ってるんだよ」

「お嬢様め」

「自分だって、お坊ちゃまのくせに」

桜子がお嬢様学校で有名な高校なら、和彦はお坊ちゃま学校で有名な大学を卒業している。もちろん、幼等部からのエスカレーター式である。

そのわりに小説家なんていう職業を選ぶのはかなりの変わり種だが、それでも和彦がお坊ちゃまな事実に変わりはない。

「とにかく！　朝食のときに起こすから。仕事をするなら、オレが学校に行っている間にしなよ。ああいう仕事って、人がいるとしにくいんでしょ？」

「あー…どうかな。俺はわりと平気なほうだけど。詰まったときとか、パソコン持ってカフェに行ったりするしな」

「へぇ。でも、ダメ。朝、起こすから」

「うーっ」

「何がなんでも、起こす。絶対、起こす。二度寝しそうな気配があったら、おば様に電話して監視してもらう」

「おい！　お前、それひどくねぇ!?」

「おば様もあんたの生活態度は叩き直したいと思っているみたいだから、きっと嬉々として協力してくれるだろうし」

「勘弁しろよ……」

想像したのか、和彦は顔をしかめて頭を抱える。

「……分かった、起きる。起きればいいんだろ！」

「うん、そう。よっし、ご飯作ろう♪」

和彦を言い負かせてご機嫌な桜子は、鼻歌でも歌いそうな勢いでキッチンに飛び込む。

まったく使われていない立派なキッチンには、さまざまな調理器具がある。もちろん料理をしない和彦が揃えたものではなく、桜子の家のシェフがキッチンをチェックしてから手配してくれたものである。

どれもプロ仕様のものだから、使い心地は抜群だ。おまけにシェフは、特別に取り寄せをしている塩や味噌などの調味料の類いも分けてくれた。

献立は、スーパーで決めておいた。桜子の料理の腕を大いに怪しんでいる和彦の言葉どおり、得意料理を披露するつもりだ。

一時間後。

重田の、料理は手際の良さが肝心という言いつけを守って手早く調理した料理がリビングのテーブルに並び、和彦に感嘆の声を上げさせる。

「うおっ、旨い！　本気で旨いな、これ」

「でしょ？　そう言ったのに。家事はばっちりだよ、オレ。うちのお母様、自分はお菓子作りしかできないくせに、オレには花嫁修業やらせたし。オレも自分の身の上を考えると、将来は結婚もできず一人で暮らしてるんだろうな～とか思ったから、せっせと修行したけど」

「あー…なるほど」

「オレも、あんたには悪いな～って思ってるから、住む以上ちゃんと家事はやるつもりだし。あ、大体のルールを決めないと」

「ルールな…まず、『あんた』禁止。そう呼ばれるの、あんまり好きじゃないんだよな」

「分かった。オレのことは、『サクラ』か『サク』って呼んで。さすがに桜子って呼ばれるのは嬉しくない」

「お嬢様らしくて、綺麗な名前なのに」

ニヤニヤと笑う顔が、桜子をからかっている。

桜子は鼻に皺を寄せて言った。

「だから嬉しくないんだってば」

「気持ちは分かるけどな。そんなナリでも、一応男なわけだし」

「一応は余計だよ。別にオレ、女装趣味の人ってわけでもないし、体のどこかに欠陥があるわけでもない。生物学的には、ごくごく普通の男なんだ！」

「はいはい。そのくせ、真の大和撫子とか言われてるわけだな。そういえば俺、西園寺家の強烈に可愛いっていうムスメの噂を聞いたことがあるんだよな。フランス人だかイギリス人だかに持ち帰られそうになったって？」

「……フランス人。オレのこと、ヤマトナデシコでゲイシャで、フジヤマみたいに美しいって褒めてた。殴りそうになったけど」

「スシ、テンプラって言われなかっただけマシじゃないか？」

「スキヤキ食べに行きましょうとは言ってたけどね」

顔をしかめての言葉に、和彦はプーッと噴き出す。桜子は巨大な猫を被っているので、さぞかし困っただろうと思うとおかしくてたまらなかった。

「よく殴らなかったな」

「おかげさまで、理性が強いんだ。心の中ではタコ殴りしたけど」

「蹴りも入れとけ」

「入れた」

桜子はムスッとしながら箸を動かし、和彦はクックッと笑いながらせっせと料理を口に運ぶ手をとめない。

とりあえず、新生活のスタートとしては上々だった。

★ ★ ★

桜子と和彦の生活は、互いに少しずつ妥協し、すり合わせをしながらもスムーズに回転していくようになる。

宣言どおり朝食のときに和彦を叩き起こした桜子は、いつまでもしゃっきりしない和彦にシャワーを浴びさせてから朝食を摂らせるようにした。おかげでまた少し起こす時間が早くなったのだが、生活のサイクルができてくると起きるのもそれほどつらくなさそうになってきた。

車で高校に行って、車で帰ってくるのは変わらない。だがそこに、帰りにスーパーに寄ってもらう日ができるようになった。

車だと、重いものも買えるから便利だ。実際に生活してみると、意外と細々とした買い物が多いことに気がつく。

時折、シャンプーや洗剤を買っている自分に笑みが零れる。それらは誰かが補充するものので、自分がそういうものを買うと考えたこともなかっただけに何やら楽しかった。

思ったよりも和彦は手がかからないし、桜子が作る料理を旨い旨いと食べてくれるので毎日が充実している。実家では自室でさえボディスーツを着て過ごしていた桜子に、今の生活はとても自由に感じられた。

最初はどうなるかと思われた和彦の仕事も、本人によると意外にも捗っているそうだ。桜子が部屋を不在にする時間が限られていて、それまでに少しでも進めようと考えるおかげで妙に筆が進むらしい。

好奇心の強い桜子が、小説というのは一日何ページくらい書けるものなのだろうかと毎日帰宅するたびに進んだページ数を聞くため、それが和彦にいいプレッシャーを与えているとのことだった。見栄っ張りで強情なところがあるから、進まなかったとは言いたくないらしい。

（なんか、可愛いよね……）

おかげで桜子は日によってずいぶん捗り方が違うことを知り、それを面白く思いながら進行具合を聞いていた。

しかし、そんなある日。

いつもなら桜子が高校から帰ってしばらくするとリビングにやってくる和彦が、夕食の時間になっても出てこなかった。

和彦が仕事部屋にこもっている間、遠慮して声をかけることはおろか、家事をするにもあまり大きな物音を立てないように気をつけている桜子ではあるが、さすがに一時間待っても出てこないとどうしようか迷う。

夕食はシチューだから温めるだけでいいのだが、そろそろ桜子の胃袋のほうが耐えられなくなってきた。

結局、それからまた十分ほど待ったところで我慢できなくなって、仕事部屋の扉をコンコンと小さくノックする。

「………」

返事がない。

しばらく待ったがなんの反応もないので、今度はもう少し大きくノックしてみたが、やはりシンとしたままだ。

「あの、和彦……?」

いったいどうしたんだろうかと思いつつ、桜子は扉を開けてソッと中を覗き込んでみる。

「………」

ちゃんと机に向かっているのに、声をかけてもピクリともしない。もしや具合でも悪いのかと心配になってしまった。

「か、和彦っ!」

「うわっ! なんだ!?」

ビクリと飛び上がって声を発した和彦に、桜子はどうやら大丈夫そうだとホッとしながら言う。

「なんだじゃないよ。ご飯の時間、過ぎてるんだけど」

「ああ、メシ、いらない」

「え？」

「これから二日か三日…もしかしたらもう少し延びるかもしれんが、その間はメシもコーヒーもいらないから。俺はいないものと思ってくれ」

「どういうこと？」

「今、大詰めなんだよ。集中しないといけないところだから、邪魔しないでもらいたいんだ。一度集中が途切れると、戻すのが大変だからな」

「だって…ご飯は？　二日も三日もご飯を食べないでいるわけにはいかないでしょ？」

「これがあるからいらない」

和彦が言う「これ」とは、いわゆる栄養補助食品だ。それが机の脇に箱積みされており、ついでに水のペットボトルも山ほどある。

「そんなのでずっと過ごす気？」

「ああ。飲んで、食ってれば平気だ。一週間くらい、余裕で持つぞ」

「……」

「そういうわけだから、俺のことは構わないでくれ。大丈夫、死にはしないって」

「……」

鬼気迫る和彦の迫力に押され、桜子は仕事部屋から出る。

キッチンでシチューを温め、黙々と食べていると、一人で摂る夕食はあまり美味しくないなどと思ってしまう。


和彦には構わないでいいと言われたが、さすがに二日も過ぎると心配になる。いても経ってもいられずに和彦の母に電話をして聞いてみると、和彦は一度倒れたことがあるという。なんでも、過労と栄養失調で入院騒ぎにまでなったらしい。それからも仕事で根を詰めるたびに寝食を忘れ、いつも終わったときにはゲッソリやつれているとのことだった。

安心するために電話をしたのに、余計に心配になる。

どうしようどうしようとオロオロして、結局我慢できずに消化に良さそうなリゾットを作って和彦の部屋に突入した。

声をかけても、上の空な状態はこの前の比ではない。ならばと和彦の手を引いて、食事のテーブルに着かせようとすればおとなしくついてきた。

フンフンと鼻を動かして匂いをかいでいるから、試しにスプーンを握らせればボーッとしたまま食べ始める。どうやら頭は小説の世界に行ったままでも、体のほうはちゃんと料理の匂いに反応するらしい。さすがに食いしん坊だ。

和彦と暮らし始めて分かったことは、和彦がかなりの食いしん坊だということだ。桜子はそれほど食べるという行為について愛着はないのだが、さすがに目の前で美味しい美味しいと喜ばれれば嬉しくなる。

こんな状態でもやはり食事を始めれば表情が嬉しそうなものになり、無意識のうちにお代わりを求めて皿を押してくるのがすごい。

これならいけると思った桜子は、朝は仕事をしながらでも食べられるサンドイッチや海苔巻きを作ってパソコンの横にソッと置き、夜は誘導する形で引きずり出して和彦の好物ばかりをテーブルの上に並べる。

箸だとどうしてもボロボロ零してしまうので、スプーンで食べられるよう工夫するなどいろいろと努力しての餌付けだった。

大変だが、わりと楽しい。少なくとも、自分一人のために料理をするよりずっとやりがいがあって良かった。

朝食にと置いていった皿も空になっているし、水のボトルもちゃんと減っている。夕食ではお代わりしたりもするから、食事の面での問題はなさそうだった。

「あとはなー…もうちょっと野菜食べさせたいな」

さすがにサラダまでは食べさせられないから、野菜が不足しがちになる。

「今度から、野菜たっぷりスープもつけようかな。ぬるめにすればヤケドもしないだろうし…うん、いいかも」

今の和彦は子供のようだからダラダラ零してしまうかもしれないが、膝の上にタオルでもおいてやればいい。

「ホント、子供みたい……」

桜子は楽しそうにクスクスと笑った。


和彦がおこもり状態になってから四日目の早朝。

土曜日ということで高校は休みのその日、それでも桜子は七時には目が覚めて家の中のことをしていた。

リビングの掃除をしていると唐突にガチャリと仕事部屋の扉が開いて、中からヨロヨロと和彦が出てくる。

「お…終わった……」

和彦が、久しぶりに言葉を喋った。

かなりの寝不足なのか目の下にクマができているが、栄養のほうは桜子が補充しておいたので顔にやつれは出ていない。

桜子は掃除の手をとめ、和彦に聞く。

「お疲れさま。何か食べる？」

「いや、いい。寝る。眠くて、死にそうだ」

「んー、じゃあ、起こさないでおくけど」

できればお風呂に入ってからにしてほしいなぁ…という心の呟きは、和彦の目の下のクマに免じて口にしないことにした。

和彦が寝室に入ってから九時間。

仕事明けには十時間以上眠るのが普通だと聞いていた桜子は、和彦の夕食はどうしようかと迷っていた。

最長で十六時間だというから、いったい何時に起きてくるのか分からない。下手したら、桜子が寝てから起きてくる可能性だってあるのだ。

「箸で食べられるものにできるからいいけど…いつ起きるのか分からないのは困るなぁ」

ある意味、桜子が好き勝手に動かしていたときのほうが都合がいいかもしれない。食事ができたら誘導すれば良かったのだから。

「レンジで温めて、美味しいものか……」

できれば料理はできたてで食べてもらいたい。料理を教わった重田がそういう主義の人間で、それゆえに西園寺家では食事の時間は厳守だった。

重田をホテルから引き抜いたときの条件がそれだったらしい。母親が重田の味に惚れ込んで来てもらったので、当然家人は全員それを守った。

「何にしようかなぁ」

ぼんやりと頭の中のレシピ帳を捲っていると、和彦の部屋の扉がバンと勢いよく開く。

「復活！　いや〜、いい気分だ」

「……」

聞いていたよりも睡眠時間が短いし、やけに元気だ。それに回復力が尋常ではないのか、目の下のクマが綺麗さっぱり消えている。

「いい気分はいいけど…まず、お風呂に入ってきて。四日間もお風呂に入らないなんて、信じられないよ」

「最高、一週間入らなかったことがあるぞ。あのときは、さすがに自分でも臭かった」

その姿を想像して、桜子は嫌そうに顔をしかめた。

「勘弁して。それは、オレも許さないから。いくらなんでも四日目には入ってもらう。臭い人間と一緒に暮らすのなんてごめんだよ」

「ああ、俺も臭い自分は嫌だからな。ああ、そうだ。風呂に入ってる間に、なんか作ってくれよ。腹減って、死にそう」

「ハンバーグでいい？」

それなら冷凍庫に作り置きがあるから、簡単に用意することができる。

「おう！　ハンバーグ愛してるぜ」

「……」

仕事が終わったせいか、和彦のテンションが異常なまでに高い。今も、はっはっはっと高笑いしながら浴室に消えていった。

「変な人だ……」

やっぱり小説家って変わってるんだな…と呟きながら、つられるようにして桜子もクスクスと笑っていた。

夕食には少し早いが、二人分の食事を用意する。

自分用に一個、和彦用に二個のハンバーグを解凍して焼き、その間に付け合わせの野菜とスープを作る。

このキッチンにもすっかり慣れ、重田に習った実用的な手抜き料理のおかげで準備するのにさほど時間はかからなかった。

風呂から上がった和彦が、ドライヤーで髪を乾かしてリビングにやってくる頃にはすっかり食べられる状態だった。

「やった、ハンバーグ♪」

どうやらまだテンションは上がったままらしい。

和彦は嬉しそうに自分の席に着き、いただきますと手を合わせてガツガツと食べ始めた。

「う、旨い！　なんだか、サクラのメシを食うの、久しぶりな気がする」

「原稿中もちゃんと食べさせてたけど、朦朧としてたみたいだからね。ご飯もボロボロ零すし、スプーンで食べられるようなものばかり作ってたよ」

「大詰めにくると、頭がそっちでいっぱいになるからなぁ。まぁ、そのおかげで、今までまずいもんでも気にしないで食ってこれたんだが。普通の状態だったら、とてもあんな栄養補助食品なんかで三日も四日も過ごせないって」

「んー…一つもらって食べてみた。でも、オレはちょっと苦手かも。まずいわけじゃないけど、好んで食べたいとは思わないなぁ」

「俺だって必要に迫られなければ食わないぞ。ラストの何日かは、食事に出る余裕がないから仕方なくあれを食ってるだけだ。またぶっ倒れたら、家に連れ戻されるからな」

「そういえば、入院したことがあるんだって？」

「ああ、一度な。ろくに飲み食いもしなければ、人間動けなくなる。あのときは、出版社の担当が気がついてくれてなんとかなったんだよな。まぁ、締め切り間近だったんだから、気がついて当然だが。俺、電話には出る主義だから」

「電話に出ない主義の人がいるの？」

「結構、多いらしいぞ。遅れても謝るのが嫌なやつとか、言い訳するのにうんざりしたやつとか。元から電話嫌いっていうのもいるし」

「謝ったり、言い訳しなくてすむようにすればいいんじゃないの？」

「………。お前の言うそれは正論だが、世の中では正論っていうのは意外と通用しないもんなんだよ。大人の世界は難しいからな。みんな清く正しく生きられればいいと思いつつ、実際にそうもいかないのと同じことだ」

「はぁ……」

なんだかよく分からないことを言っている。

しかし、実際に和彦は大人だ。言動からは自分と大して変わらないんじゃないかと思われたりするものの、それでもやはり社会に出てちゃんと自活しているのだ。

自分が普通よりも厳重な箱入りで育った自覚のある桜子は、納得いかないながらもそんなものなのか…と引くことにした。

「それはそうと、俺、このあと遊びに行くから」

「え？　でも、もう夜だよ。これから？」

「お子様と違って、大人は夜からが遊びの時間なんだよ。ようやく仕事も終わったし、クラブで色気のあるねえちゃんと楽しくやらないとな。人間、仕事ばっかしてるとストレスが溜まるから」

「いいなぁ…女の子と楽しくやるのか〜。そ、それって、その…朝までコースっていうやつ？」

「当たり前だろ。ラブホに持ち込みだ」

「ラ…ラブホ……」

それがどういうものか、そしてどういうことをするための建物か考えて、桜子はパッと顔を赤らめる。

「ええっと…オレ、実家に戻ってたほうがいいなら、そうするけど……」

「バカ言うな。この部屋に、女は入れないって言っただろう。それに、ラブホをいろいろ試すのも面白いしな。仕事の足しにもなったりして、意外といいんだ、これが」

「ふぅん。ラブホテルかぁ……」

「行ったこと…あるはずないか」

「ない」

「だよな。でも、興味はあるんだろう？」

「そりゃあ…ないほうがおかしくない？　テレビでは見たことあるけど、なんか普通のホテルとは違うし」

「まぁな。結構、変わってるところもあるし。ま、帰ってきたら、今日のはどんなのだったか教えてやるよ」

上機嫌な和彦は、そんなことを言ってお代わりをする。ご飯もスープもしっかり三杯ずつ食べて、上機嫌のまま玄関に向かう。

「ああ、そうだ。達彦が来ても、入れるんじゃないぞ。宅配便なんかも、無視していい。下で預かってくれるから。インターホンが鳴っても出るなよ」

「分かった」

有給を消化したあとも、達彦はたまに急襲しにくる。いつも和彦が一緒にいるからいいが、いないときに達彦と二人きりになるつもりは桜子にはなかった。

和彦を見送った桜子は、ふう…と溜め息を漏らす。

「アダルトな遊びかぁ……」

男だが、女として育てられている桜子には、縁のないことだ。本当の女性ではないのだから抱かれることもなく、男とはいっても男として行動できるわけではないのだから、女性を抱くこともない。

「なんか、透明人間みたいだ……」

性を偽っているかぎり、誰とも本当の意味で親しくはなれない。自分のことを分かってもらって、愛を育むことができない。

女の園の女子高で下級生から手紙をもらったことがあるし、人を介して他校の男子高校生からラブレターをもらったこともある。

けれどそれは、本当の桜子に宛てて書かれたものではないのである。

「張りぼて、好きになってもらってもなぁ」

深窓のお嬢様で、誰よりも女性らしい西園寺桜子。パーティーでにっこりと微笑んで、美しい、可愛らしいと言われる桜子は、男だとバレまいと必死になって作り上げた見せかけのものだ。

誰にも理解してもらえない自分が寂しく、かわいそうだと思ってしまう。

男として自由に、生き生きと人生を楽しんでいる和彦と一緒にいるせいか、一人になった桜子はそんなことばかり考えていた。

風呂に入ってパジャマに着替えた桜子は、すっかり寝る準備を整えてベッドに潜り込んでいた。

いつもなら、とっくの昔に夢の中にいるはずの午前零時。

「……眠れない」

今頃和彦はクラブで女の子と楽しく遊んでいるのだろうかとか、それとももうラブホテルにいるのだろうかとか、そんなことばかりを考えて妙に目が冴えてしまっていた。

それに、一人きりで夜を過ごすのは初めてだ。

実家にいるときは誰かしら家にいたし、ここに来てからだって和彦が外泊をするのはこれが初めてである。

遊び慣れている感じからして、おそらく気を使ってくれていたのだとは思う。何しろ桜子が新しい生活に馴染むまでには時間が必要だったたし、無意識のうちとはいえ和彦に頼っている部分があったからだ。

(意外と優しいんだよね……)

そんなことを考えながら、どうにも寝付かれずにコロコロと寝返りばかり打っていた桜だが、部屋の扉を開け放していたので、玄関のほうから何やら物音が聞こえてくるのに気がついた。

「ま、まさか、泥棒……?」

とっさにそう思って体を硬くしたものの、どうすればいいのか分からない。手近に武器となるようなものはなかったし、あったとしても体が動かなかった。

(よりによって和彦がいないときにっ……!!)

和彦がいれば、きっとなんとかしてくれた。一緒に暮らしているうちに、陽気で軽そうに見えるあの男が、意外と頼りになることくらい分かる。

どうしようどうしようと慄いていると、リビングに足を踏み入れたその人物が扉を開けたままの桜子の位置から見て取ることができた。

「か、和彦!?」

「おう」

「な……んで……?　今日は帰ってこないって言ってたくせに。色っぽい女の人と、ラブホテルに行くんじゃなかったの?」

まだ心臓がドキドキしているが、真夜中の侵入者が和彦と分かったことで恐怖心はなくなっている。

「あー…気分が乗らないんでやめた。なんか食うもんあるか?　酒のツマミみたいなもんしか食ってないんだよ」

「ご飯は残ってるから、チャーハンかオムライスならすぐにできるけど……。どっちがいい？」

「……オムライス」

少しばかり躊躇して、どこか気恥ずかしそうに答える和彦に、桜子はクスクスと笑う。そしてベッドから抜け出すと、パジャマのままキッチンへと向かった。

「分かった。和彦、意外と子供味覚だよね。ハンバーグとかシチューとか好きだし」

「悪かったな。もちろん和食も好きだが、食いたいのは何かって聞かれると、どうしてもそっち系が頭をよぎるんだよ。多分、長年の外食生活が体に染み込んでるんじゃないか？外で食べるとなると、和食より洋食のほうが無難だったりするから。和食は、美味い店に当たるのがなかなか難しいんだ」

「ふ〜ん…そういうものなんだ」

桜子にとっての外食とは、家族と一緒に出かけるレストランや料亭のことだ。当然のことながら、まずい店になど行ったことがない。

「そういえば…この近くにもたくさん飲食店があったよね。やっぱり、洋食系のお店のほうが多いか……」

「俺は、この近所の店はすべて網羅したといっても過言じゃないぞ。それでも、美味い店はたったの七軒、許せるレベルが十数軒、残りは早く潰れてしまえって感じだな。そうすりゃ新しい店が入って、もしかしたらそこは旨いかもしれないし」

「はー…そう……」

食いしん坊なだけあって、さすがにマメだ。桜子もまずいものよりは美味しいものを食べたいと思って重田に料理を教わったが、だからといって和彦のように情熱をかけられるか謎だった。

この近くにあるという和彦お薦めの店の話を聞きながら手早く料理をして、残ったスープとオムライスを和彦に出す。

「お、サンキュー」

嬉しそうに食べ始めた和彦のためにお茶を注ぎながら、桜子は顔をしかめて言う。

「なんか、お酒くさいよ」

「んー、そこそこ飲んだからな。いい女もいたんだけど、俺、今、ピチピチの高校生と暮らしてるせいか、肌荒れが気になってさ。いくら美人でも、カサついた肌の女相手にその気にならなかったんだよな」

「はぁ？　何それ。そういうもの？」

「俺も、初めてだよ、こんなこと。毎日ツヤツヤの綺麗な肌を見てるせいか？　…ってことは、お前が悪い」

「そんなこと言われても……」

それは、どう考えても自分のせいじゃないだろうと思う。

ただ、和彦の言いたいことは分かる。母譲りの白くてやわらかな肌は、疑われるわけにはいかない桜子自身によってピカピカに保たれているのだ。

母に連れられて、週に一度、エステにだって行っている。そこは母の三人いる親友のうちの一人が経営している店で、桜子の秘密を知る数少ない人物だ。今はオーナーとして腕をふるうことのないその人が桜子の担当をしてくれて、完全オーダーメイドのボディスーツも作ってくれている。

もともとの肌質、それに若さときちんとした手入れが加われば、そこいらの女性に負けないのも当然だった。

「お前、料理も旨いしなぁ。性格だって、面白可愛いし。サクラが女だったら、本気で惚れてるところだ」

「……それは…どうも……」

桜子が本当に女性だったら、話は簡単だった。母は待望の女の子を産んで大満足だっただろうし、おかしなウソをつく必要もない。桜子自身も箱入りすぎる状態に多少の不満を持ったにしても、なんの疑問もなく女性として生きていくことができた。

自分が女で生まれてこなかったから、何もかもが面倒になってしまったのだ。

それは、これまで漠然と桜子が持ち続けてきた負い目だ。母が五人も子供を産んだのは女の子が欲しい一心だったのに、期待を裏切ったという気持ちがある。それが自分のせいではないと分かっていても、心にくっきりと刻み込まれた負い目は消えてなくならなかった。

和彦にも迷惑をかけている。和彦にはまったく関係ないのに、母親同士が親友というだけで、男でも女でもない桜子を背負い込まされたのだ。和彦は桜子を責めたりはしないが、ひどいことを言われても仕方がないと思っていた。

ツラツラとそんなことを考えて、桜子はどんどん悲しい気持ちになっていく。

先ほど…和彦が出かけて部屋で一人になっていたときも、似たようなことを考えて落ち込んでいたのである。

中途半端な自分の存在を思い、和彦にこの先もずっと負担をかけるわけにはいかないと考え、どうすればいいのかと自分の未来を思った。

どんなに考えてみても、桜子の未来は一人きりだった。兄たちは結婚して家庭を持ち、自分は和彦と別れて一人で生きていく……。母親たちの思惑はどうか分からないが、無理やり結婚させられた和彦に一生自分を背負い込ませるつもりはない。

けれど、一人は寂しい。和彦は桜子と別れたあといくらでも相手を見つけられるだろうが、桜子はそうはいかないのだ。

「本当に…女だったら良かったのに……」

「ん？」

「女に生まれたかったたな……」

「………」

自分でも気がつかないうちに零れた涙が、重ねた手の上に落ちる。

「サ、サクラ!?　なんで泣いてるんだ？」

「な…んでも、ない……」

「なんでもないわけあるか。泣いてるじゃないか」

「………」

和彦は慌てた様子で椅子から立ち上がり、桜子の隣に来る。そしてオロオロしてたかと思うと、桜子の体を抱き上げてリビングのソファーへと運んだ。

いきなりのお姫様抱っこと、自分が和彦の膝の上に横抱きにされていることに桜子は驚く。

「な、何？」

和彦はそんな桜子の髪を優しく撫で、妙に甘ったるい声で囁く。

「それは、こっちのセリフだ。なんで泣いてたんだ?」

「なんとなく…オレが女だったら、何もかも上手く行ってたのにって思うと、なんだかこう…悲しくなって」

「どうして?」

「だって、オレが男に生まれたせいで、いろいろと面倒だし。いろんな人に迷惑もかけるだろ? 和彦だって、オレが女だったらこんな厄介な状況には陥らなくてすんだぞ」

「ああ…まぁ、それはあるけどな。でも、そんなのお前のせいじゃないだろ。五人産んで五人とも男なんだから、完全な男系家族なんだよ。それって遺伝子のせいじゃないのか? それに、たまたまお前が五人目だっただけだろ」

「分かってるけど…たまに、ものすごく悲しくなるんだ」

「そんなの忘れろ。開き直って、根性の足りなかった母親が悪いって思えよ。お前の母親なら、念で女を産めそうなのに」

思いっきり顔をしかめながら言う和彦に、桜子はクスリと笑う。いつの間にか涙は引っ込んでいた。

「……意外と、難しかったみたい」

「身長をとめたり、ムスメムスコを可愛くしたりはできるのにな。お前、本当に可愛くできてるから、俺は目が肥えてまいるよ。おかげで女選びのハードルがえらく上がった。ようやくのことで及第点の女をナンパしてみれば、肌荒れと性格の悪さが鼻につくしな。くそっ。このままじゃ俺、今までみたいに気軽な付き合いができなくなるぞ」

「……………」

途中から独り言に変わったそれは、和彦の手が桜子の体を撫で回しながら呟かれるということになる。

無意識らしいそれに、桜子は顔を赤らめる。

「あの……」

「うん?」

「手、離して。っていうか、この体勢、おかしいと思うんだけど」

「う～ん…でもお前、抱き心地いいしな。男なのに、なんでこんなにやわらかくてスベスベしてるんだ?」

スルリとパジャマの中に潜り込んできた手は、桜子の腹や胸の辺りを撫でている。桜子は本当に、どうしていいか分からず途方に暮れた。

「か、和彦……?」

「まいったな…女たちにはなんにも感じなかったのに、なんか、お前には感じる。……ちょっと試してみていいか？」

「え？　う？　な、何を……」

「やれるかどうか。気分が乗らなくて帰ってきたけど、やりたいのは確かなんだよな。仕事終わって、テンション上がったままだし。欲求不満は体に悪いんだ」

「よ、欲求不満って…」

「この年で自分で処理するのも惨めだし、そもそも今の俺が欲しいのは、人肌なんだよ。あったかくてやわらかいもんを抱き締めて、抱き潰したいんだよな」

「オ、オレ、女の子じゃないからやわらかくないよ」

「いいや、やわらかい。……なんだろうな、実に不思議な感触だ。男でも女でもない生き物みたいで…そそられる」

「………」

そう言う和彦の目が桜子を射すくめ、視線を逸らすことを許さない。今の和彦からは、今までにない淫蕩な雰囲気を感じた。

アルコールが効いているのかもしれない。それに桜子がここに越してきてからというもの、一切夜遊びをしていないのだから欲求不満というのも本当だろう。

腰の辺りがゾクリと痺れるような感覚を覚えて戸惑う桜子の首筋に、和彦は顔を埋めてキスをしながら好き勝手に体を撫で回す。

「なぁ、サクラ。お前、このままじゃ一生セックスできないだろう？　それはあんまりだから、この際俺とどうだ？」

「な、何言って……」

「一生経験なしよりいいって。男同士でも、充分気持ち良くなれるって聞くしな。一時期二丁目で飲み歩いてたから、知識はバッチリだぞ」

言っている内容も困ったものだが、耳元で囁くその声も始末に困る。いったいどこに隠し持っていたんだと聞きたくなるような、甘ったるい誘惑の声だった。

クラブで女性をナンパするときは、こんな表情と声を使うのかと如実に分からせる。和彦の顔と雰囲気なら、女性を引っかけるのは簡単だろうと思わせた。

「……………」

桜子の胸の辺りに、何やらモヤモヤとしたものが生まれる。それは今まで一度も感じたことのない感覚で、あまりいいものではない。

「和彦…男には興味ないって言ってたくせに……」

「興味ないぞ。二丁目には、高校時代のツレがそっちの人間で、たまに遊びに行っててただけだ」

「じゃあ、どうしてオレと、その…やろうとか言うの？」

「男はダメだが、お前はいけそうな気がするからな。まぁ、あまり深く考えるな。楽しいことをして、気持ち良くなれればいいじゃないか」

「そういう問題じゃないと思うんだけど……」

「まぁ、まぁ」

そんな会話をしている間にも、和彦はせっせと桜子に愛撫を加えている。

まだなんの経験もない桜子にとっては体を撫で回されるのはくすぐったくて仕方ないが、時折ゾクリとしたものが背筋を駆け抜けて妙な気分になる。

自分の体が少し熱くなりかけていることには気がつくものの、だからといってそう簡単にはいと言えるようなことでもない。

「ちょ、ちょっと…まずいって」

「気持ち良くするだけだ。俺のほうも、どこまでやれるか試してみたいしな」

和彦だって、桜子を相手に本当に勃つかどうかはまだ分からない。こんなふうにして触っているのは楽しいが、男相手にできるかは疑問だ。

しかし腕の中の桜子の体は確かに男のものなのに、しなやかでやわらかい。細身で華奢な体形のくせに、どうしてどこも骨ばってなく、抱き心地がいいのだろうかと和彦は不思議に思う。

まだ嫌がる素振りを見せる桜子を手っ取り早くその気にさせるためにパジャマのズボンの中に手を潜り込ませたが、勃ち上がりかけた同性のものに触れても嫌悪感はなかった。

「あっ！」

ビクリと体を強張らせて逃げようとした体をしっかりと押さえつけ、上下に擦って直接的な刺激を加える。

「や、やだっ」

「ちゃんと勃ってるぞ？」

「う……」

若くて素直な性器は愛撫に応え、ピンと張り詰めている。先端をいじってみれば先走りの液が零れていて、和彦はそれを塗り広げるように上から下へと扱いた。

とりあえず桜子も、和彦の手に嫌悪感はないらしい。頬を紅潮させて震え、込み上げる快感に戸惑った様子を見せる。

こうなれば、箱入りでろくな知識もないらしい桜子を籠絡することなどたやすい。

桜子のものがパンパンに張り詰めるまであっという間で、上下に扱く手にも遠慮を込めなかったせいか、桜子自身が快感についていけない感じだ。

「あっ、や…待って……。オレ、まだ…あ、あっ！」

初《うぶ》な桜子にとって他人の手でされるのは刺激が強すぎるのか、面白いほどの反応を和彦の愛撫に返してくる。

追い上げるのは簡単で、和彦は焦らすことなく一気に高みへと導いてやった。

「――っ！」

下着の中に白濁とした液を叩きつけ、桜子はガクリと体から緊張を解く。

和彦は強制的に射精させられ、ボーッとしている桜子の体を抱き上げると寝室へと移動した。

ダブルサイズのベッドにそっと下ろすと、あちこち乱れたパジャマに手をかけて脱がせてしまう。

「………」

疲れて体を投げ出した桜子を見下ろして、淡く発光するようなその裸体をマジマジと観察する。

平らな胸には色の薄いピンク色をした乳首が二つ。小さなヘソと細い腰、それに少年じみて立派とはいえないが疑う余地のない男の象徴。

細身で綺麗な形をしたそれを、和彦はジッと見つめる。

「……まずいな。萎えそうにない」

桜子の体をいじくり回し、その甘ったるい喘ぎと表情に煽られた和彦は、自分でも不思議に思うほどその気になっていた。裸に剝いて男だと実感すれば萎えるかと思ったが、もっと甘く啼かせてみたいという欲望が湧いてくるだけだった。

それならば、いけるところまでいこうと考える。同性にはまったく興味のない性質ではあったものの、生来の柔軟さがこんなところにまで表れていた。

和彦はクッタリと萎えた桜子のペニスに手を伸ばすと、濡れたそれを摑んでやわやわと揉み込む。

「んっ」

ピクリと反応を見せ、ようやく桜子が目を開けて和彦を見る。

「気持ち良かっただろう？　もうちょっと先までやってみような」

そう言って上体を屈めると、先端に舌を這わせてペロリと舐める。

「か、和彦!?」

驚愕に目を瞠る桜子と視線を合わせたまま、和彦は桜子のペニスを口に含んだ。

「……っ」

信じられないといった表情で、だがすぐにもたらされる快感に呑まれる。強く吸ってやれば、達《い》ったばかりにもかかわらずムクムクと大きくなった。

「は、離してっ」

「んーっ」

口を塞いだまま、離してほしくなさそうだぞなどとモゴモゴ言うと、それが強い刺激となって桜子に返る。

二度目にもかかわらず簡単に勃ち上がると、和彦はすっかり膨らんだそれから口を離し、からかうように言う。

「サァク、サークラ。気持ちいいなら素直に気持ちいいって言えよ。そのほうがずっと楽だぞ。俺も思いっきり可愛がってやれるし」

「うっ……」

「気持ちいいか？」

愛撫の手を途中で止められて、高ぶったものを放り出された桜子は恨めしげな視線を和彦に送りつつ答える。

「……いい……」

「うん？　なんだって？」

「気持ち、いい！」

顔を真っ赤にしてやけになったように怒鳴る桜子が、和彦には可愛くてたまらない。本当に、なんて初なんだろうと大切にしてやりたくなる。

「んじゃ、ちょっとうつ伏せになってな」

和彦のほうも、それほど余裕があるわけではない。桜子と暮らし始めてからの禁欲生活は、和彦にとってはずいぶんと長いものだった。

本当なら今すぐにでも突っ込みたいところを我慢しているので、そうそう桜子にばかりいい思いはさせられないのだ。

和彦は桜子の体をうつ伏せにひっくり返して、腰の下に枕を差し込む。そして中断してしまった愛撫を再開した。

「……………」

和彦の視線は、男にしてはやけに白くて丸みのある尻に釘付けだ。かなりおざなりな愛撫にも揺れる様が扇情的で、チラリと覗く小さな蕾に目が行ってしまう。

和彦はそっと、指をそこへと伸ばした。

「な、何……？」

「いいから、前に集中してろ」

そう言って強く扱き上げれば、すぐに甘い声を漏らす。

「あんっ。うっ……」

気が逸れた隙に再び蕾に触れ、指の腹でマッサージするように揉む。さすがにこれくらいでは前への愛撫の阻害にはならないらしい。

しばらくそんなふうにしてやわらかくなったところで、ソロリと桜子の精液でぬめりを帯びた指を一本挿入してみる。

「あ…やっ、何……?」

「痛いのか?」

「……いた…くはないけど…なんか、ヘン。やっ」

「ならいいな」

そう言って和彦は、桜子の反応を窺いつつ慎重に中を探っていく。ついでに舌を潜り込ませ、潤滑剤代わりの唾液を送り込むのも忘れなかった。

男同士のセックスは、充分注意しないと痛かったり苦しかったりするだけで、気持ち良くさせることができない。

いくら和彦が快感を得ても、桜子がつらい思いをするばかりでは意味がないので、そのあたりはずいぶんと気を使っていた。

女性を相手にしていたときとはえらい違いである。受け入れる器官を持ち、自らも濡れる女性――しかもさしたる重要性も感じずに快感のためだけに付き合ってきた女性には、気を使おうという気持ちにさえならなかった。

ギュウギュウと締めつけてくる肉襞を掻き分け、狭い内部を探る。前への愛撫を加えながらあちこち擦ってみると、あるポイントで桜子の体が跳ね上がった。

「ああっ」

すっかり高ぶっていたはずの桜子のペニスが、ビクンと更に膨れ上がる。分かりやすい反応に和彦はニヤリと笑い、探りあてたばかりのそこを執拗に嬲った。

「やっ！　やだ、そこっ」

「気持ちいいくせに。お前の、ダラダラよだれ零してるぞ」

そう言ってキュッと握り締めれば、淫らに腰を揺らしてみせる。

指を一本から二本に増やしてみても桜子のペニスはいっこうに萎えることなく、むしろ達かせてくれとばかりに喘いでいた。

自分でやっておいて、ここはそんなにいいんだろうかと和彦は首を傾げる。それくらい、あからさまに桜子の様子は前だけを嬲られていたときより気持ち良さそうだった。

「は、あ…んんっ…あ……」

桜子の喉からは、ひっきりなしに嬌声が溢れている。

やがて二本が三本に増え、それすらも快感になったとき、和彦はゆっくりと指を引き抜いて足を大きく広げさせた。

「……」

桜子の顔を見ながら挿入したいのは山々だが、初心者には後ろからのほうがつらくないだろうと考える。

この行為で、痛い思いは一切させたくなかった。

本物のお嬢様ではないがその性格は気に入っていて、不思議なほど一緒にいても肩の凝らない相手。それなりに恋愛経験を積んできた和彦から見ると本当にお子様だが、正真正銘のヴァージンのくせに妙に艶めいた表情で喘いでみせた。

全身を上気させ、赤らんだ目元と潤んだ瞳が色っぽい。

綺麗に整いすぎて人形のように見えかねない顔立ちが、今は欲に濡れて思いがけないほどの色気を発していた。

とろけた後孔に和彦のものを押し当てれば、「あんっ……」と艶めいた声を漏らす。気持ち良く弛緩しているうちに、和彦はグッと自身をめり込ませた。

「ひあっ！」

桜子の口から、小さく悲鳴が漏れる。

なかなか達かせてもらえない快楽の淵から戻ってきた桜子は、自分が何をされているのか気づき、信じられないといった表情で目を見開く。

和彦はそんな桜子の様子を窺いつつ、これ以上ないほど慎重に身を進めていった。

「いやっ、ま、待って……！」

大きなものに体を開かれ、グイグイと裂かれるような感覚に桜子の口から哀願が漏れる。

しかし和彦は動きをとめることなく、そのまま最後まで収めてしまった。

「うっ……」

「大丈夫か？」

その問いに、桜子は目を潤ませながら恨めしげに振り返る。先ほどからの愛撫と相まって、呼吸は苦しそうに弾んでいた。

「嫌…だって、待ってって…言ったのに……」

「途中でとめても、お互いに苦しいだけだぞ。それに、あれだけ解したんだから、痛くはなかっただろう？」

「うーっ」

否定しないのが答えになっている。もし少しでも痛かったら、桜子は和彦を罵っていた

に違いないのだ。

ただ、痛くはないが、とても苦しい。そして怖い。

そんなところを押し開かれ、男のもので貫かれる感覚に翻弄され、とてもではないが平静でいられなかった。

「……もう動いてもいいか?」

和彦に聞かれ、桜子の視線が揺らぐ。

正直に言えば嫌だし、このまま抜いてほしいとも思っている。しかし引き抜くその動作ですら怖く、またこの状態で和彦にやめてくれと言っても無駄だということは分かりきっていた。

桜子が答えられずにいると、和彦はそれを了承と受け止めたらしい。何かと自分の都合のいいほうに考える性格ならではである。

ズズズッと引き出される感覚に、桜子は小さく悲鳴を上げる。

「ひっ!」

「力入れると、苦しいだけだぞ」

「そ…んなこと、言われても……」

初めてなのに、いきなり上手くなんてできるはずがない。和彦が動くたびに悲鳴が零れ、苦しげな声が漏れた。

そんなことを何度も繰り返しているうちに、力を抜いて律動に同調したほうが楽なのだと、頭よりも先に体のほうが気がつく。

それに和彦が抽挿しながら桜子のペニスをいじるので、苦しいばかりじゃなくなってきている。

桜子は無意識のうちに、和彦に添うよう腰を動かしていた。

「くっ…お前、本当に初めてなのか?」

「――――っ」

自身の体内に穿たれる衝撃とショックをなんとかしてやり過ごそうとしている桜子に向かって、そんなことを言ってみせる。

しばらくしてからようやく脳にその言葉が到達した桜子は目を瞠り、無理な体勢から手を振り上げてバシッと和彦の頬を叩いた。

「バカッ!」

「いってぇな」

「くっ……」

怒鳴り、和彦を叩いたせいで体に力が入り、それによって桜子は体内に穿たれた和彦のものを如実に感じ取ってしまう。

それはまさしくリアルそのものだ。

大きくて、熱くて、脈打っている。

先ほどまでは心に余裕がなくてそんなことまで感じ取ることができなかったが、今は怖いほど敏感になっていた。

明らかに自分とは異なる鼓動が体の中にあって、それが和彦のものだと今更ながら実感させられる。

やがて和彦は動きを再開し、桜子は太く猛ったものが出入りする感覚に翻弄される。

「ふっ……う……」

妙に甘ったるい声が漏れるのは、和彦のせいだ。嫌だと訴えても、桜子のものをいじるのをやめてくれない。

おかげで桜子は思わず耳を塞ぎたくなるような嬌声を発し、高まり、上り詰めそうになる熱に身を捩じらせる。

もう我慢できないと何度目かに思ったとき、ようやく射精が許された。そしてそれと同時に、身のうちに含まされた和彦のものが大きく膨れ上がる。

「あっ、あ……」

熱い奔流を体の奥深いところに感じ、桜子は息を詰める。中に注がれる感覚は異様で、ビクビクと腰が跳ねる。

やがてゆっくりと抜き出されるそれを、小さく息をついてやり過ごした。


荒くなった呼吸が整うまでには時間がかかる。

初めての体験は、桜子にとって何もかもが衝撃だった。

あんなところに和彦のものを受け入れ、あまつさえ感じることができるなんて想像すらしたことがない出来事である。

知識はあったが、どう考えても痛いだけだろうと思っていたのに、そうではないことを身をもって知ってしまった。

グルグルと混乱した頭の中で埒もないことを考え、少しずつ呼吸が穏やかになっていくのを和彦が見つめている。

「不思議な体だな……」

「……」

その言葉に、桜子は目を開ける。同世代の男の体をちゃんと見たことがない桜子は、自分の体がどこかおかしいのかと不安になった。

「オレ…変……？」

「は？　ああ、違う。そういう意味じゃない。どこも変なところなんかない。ただ…普通かと聞かれたら、それも微妙だな。だって俺は、今まで一度だって男に欲情したりしなかったんだぞ」

「それは…しばらく禁欲生活してて、夜遊びしようとしたのに何もしないで帰ってきたから……」

「だからって、男に手を出すほどじゃない。俺はな、美人な男よりもブスな女を選ぶ主義なんだよ」

「そ、そう……」

「暗くしちまえば、顔なんて関係ないしな」

「……」

それはどうなんだと思わないではいられないセリフに桜子は顔をしかめるが、和彦には伝わらない。

「男なんてみんな、そんなもんだろう。寝るときは、顔より体の好みのほうが優先されないか？　だから、最近は大変なんだよな。女たちのあの、補正下着！　胸なんて少し触ったくらいじゃ本物かパッドか分からないし、ウエストはギュギュッと上手い具合に締めつけてるし。俺も二回騙された」

「あー…今は、パッドにシリコンを使ったりするから、触っても分からないって言うよね。って、オレのボディスーツも多分、それだけど」

「ああ、お前のあれなー。腰と尻にも入ってるから、見事に女の体形になるよな。男があそこまで化けるんだから、女に騙されても仕方ないいか」

「そうだね～。あんまり威張れたことじゃないけど、化かし合いは女の人のほうが数段上だから」

「まったくだ。けどな、補正下着で偽りだらけの体でも、女は女だしな。アイドルみたいに可愛い男を連れてこられたって、俺は女を選ぶぞ。そんな俺をその気にさせたんだから、普通じゃないって思っても不思議はないだろう？」

「んー……」

「完全なノンケだったはずなのに、これでバイってことになった。どうしてくれる」

「そんなこと言われても……」

桜子からすれば、完全に濡れ衣だ。その気にさせた覚えはないし、そんなふうに責められる覚えもない。むしろ、責めるとすれば桜子のほうのはずだった。

「そうだよ…おかしい！　なんでオレが責められるんだ!?　オレがやってほしいって言ったわけじゃないのに。ほとんどなし崩し状態で押し倒したくせに！」

「セックスなんて、そんなもんだろう。その場の雰囲気と、暗黙の了承でやるもんだ。『これからセックスしようと思いますが、よろしいですか？』なんて聞くやつがどこにいる。いないだろう？」

「へ、変な理屈言うなっ」

いつの間にか和彦のペースに持っていかれているのに気がついて、桜子はハーッと大きな溜め息を漏らした。

「しかし…お前、意外と元気だな。初めて受身をするときは、かなりきついらしいって聞いてるんだが」

「そんなきついこと、オレにしたのか!?」

ひどいっと非難を込めて睨みつけると、和彦はわざとらしい笑顔を見せる。

「ああ、まぁ、それはやっぱり、何事も経験かな…と。それに俺も文明人とはいえ、本能には逆らえない部分があるからな。空腹で、そこにいかにも美味しそうな果実があったら食うだろ？」

「我が儘だ……」

「多少の自覚はある。お前だって甘やかされた末っ子なんだから、分かるだろう？　自分がしたいこと、欲しいものに対してあんまり我慢が利かないんだよな」

「オレは和彦と違って、すっごいいろいろ我慢してるもん。そもそも、生きて生活してること自体が我慢なんだぞ」

「まぁ、確かにな……。親の気まぐれとはいえ、気の毒だとは思う。女として生きるのはきついよなぁ」

「きついよ～。母親そっくりで全然男っぽくならないことを喜ぶべきか、それとも悲しむべきか分からないのがまた……。我ながら、どうしてこんなに細い腕をしてるんだか……。ああ、でも、わりと体力はあるんだよね。うちの兄弟の中で、多分オレが一番病気とかしてないし。風邪だって滅多に引かないくらいだから」

「へぇ…意外だな。見た目、か弱そうなのに。本当、細っこい腕だよなぁ」

和彦は上体を起こして桜子の腕を取り、マジマジと見つめる。そしてすっかり呼吸も整い、汗の引いた体を見下ろした。

「どうして男なのに、こんなになめらかな肌をしてるんだ？」

「さ、さぁ……」

「どこもゴツゴツしたところがないし、この、緩やかな曲線……。どうして男なのにどこもかしこもやわらかくて、抱き心地がいいんだよ」

「……」

知りませんとしか桜子には答えられないが、そういえば和彦の体は硬かったと思い出す。腕も胸も足も逞しく、筋肉で硬く張りつめていた。

それに、あそこも…とおかしなところまで思い出して、桜子はカーッと顔を赤らめる。

「どうして顔を赤くしてるんだ？」

「な、なんでもないっ」

「……」

恥ずかしくて和彦のほうが見られず、フイッと視線を逸らす桜子の、羞恥に満ちた顔を和彦はジッと見つめる。

「……まずいな…またやりたくなってきた……」

「え？」

「もう一回いいか？」

「え？　え？」

「いいよな？」

嫌だという言葉を口にする前に、強引に口が塞がれる。

「むーっ。むーっ！」

なぜこいつはこんなに強引なんだと、桜子は声にならない文句を言う。しかし当然のことながらそれが和彦に届くことはなく、第二ラウンドへと突入したのだった。

★
★
★

順調に進んでいた桜子と和彦の同居生活には、一つ大きな要素が加わることになった。セックスである。

夜…和彦の誘いによって始まるそれを、桜子は受け入れる。恥ずかしいのさえ我慢すれば、とても気持ちのいいことだからだ。

あんな快感を、桜子は知らなかった。たまにしかしない自慰とは比べものにならない、癖になるほどの快感だ。

それに、自分が和彦とこういうことをしていれば、和彦は夜遊びに出る必要もなくなる。和彦が外で女性と遊ぶのは、なんだかとても嫌なのだ。だから家にいて、一緒に過ごせるのは嬉しかった。

互いに口にはしないが、こういう生活も悪くないかな…と思っている。

西園寺家には使用人が何人もいたが、そのうち桜子の事情を知っているのは執事と家政婦頭の二人だけである。部屋にいるときこそ寛いでいられたが、それでもやはりどこか気を抜けない部分があった。

それが、ここでは素のままでいられる。ボディスーツを着る必要もないし、外に出るたびにいちいち車で出かける必要もないのである。他人と暮らしているのに、家族と暮らしていたときよりも楽だというのは、とても皮肉なことだった。

そして和彦はといえば…もしかしたら胃袋が一番桜子のことを気に入っているのかもしれない。桜子の作る料理がよほど口に合うのか、それとも日々の外食に飽き飽きしていたのか、いつも感心するほど美味しそうに食べる。

桜子としても自分が作った料理を和彦のように美味しく食べてもらえれば嬉しいので、需要と供給が一致した感じだ。

リビングでコーヒーを飲みながらクッキーを摘んでいた桜子は、壁にかけられた時計を見てそろそろ夕食の準備をしなければ…と思う。

「夕食、何食べたい？」

「んー…何ができる？」

「昨日、買い物に行ったばかりだから、大抵のリクエストには応えられそうだけど。あ、でも、ビーフシチューは無理。あれ、作るの一日がかりだから」

重田に教えてもらった料理の中で、手抜きをしようがないものの一つがビーフシチューだ。しかもそれを和彦がいたく気に入ったのを知っているので、しっかり釘を刺しておかなければならない。

「んじゃ、ビーフシチューは明日な。今日は…う～ん、天ぷらが食いたいかな。エビ、あったっけ？」

「ああ、大丈夫。冷凍庫に入ってるから。あと、野菜は…うん、問題なさそう」

「よし、じゃあやるか」

ここのところ、和彦も手伝うようになっている。あまり手先が器用とはいえないのだが、ピーラーを使えば手を切ることなく上手に皮が剝けると分かってからは、面白がってやるようになったのだ。

桜子としてももう一つ手があると助かるし、喋りながら料理をするのは楽しい。一人きりで動き回るより、ずっと嬉しいのは確かだった。

二人で下拵えをしていると、部屋のインターホンが鳴らされる。

「宅配か？」

和彦は手をとめ、応対に出た。

このマンションには常時受付に人がいるから、たとえ宅配便の業者であってもチェックなしには中に入れない。

リビングにあるインターホンでやり取りをしていた和彦は、声を大きくして桜子に話しかける。

「サクラ、俺の悪友どもが来たんだが」

「は？　どういう意味？」

「どこからか、俺が結婚したことを聞きつけたらしい。もしかして、もう結婚式の招待状を発送したのか？」

「あ、うん、そうかも……。この前、招待客のチェックをさせられたし。和彦、しなかった？」

「いや。とりあえず、俺の友人関係だけ母親にメールをしておいて、あとは勝手にやってくれと言っておいた」

「適当だなぁ」

「どうせ、客の大半は親戚連中だ。選別するのはお袋だし、俺は必要ないだろ」

「まぁ、確かにね」

「で、どうする？　来てる連中は三人なんだが、ここで追い返すと電話でしつこく会わせろって言われそうなんだよな。面倒だから、できれば紹介をすませちまいたいんだが」

「はっ!?　ちょ、ちょっと待って、今!?　オレ、例のボディスーツ着てないんだって。人と会うなら着替えないと」

「ああ、そうか。忘れてた」

「忘れるな！」

部屋の中だからと、気を抜きまくっている。シャツとジーンズという格好では真っ平らな胸は隠せないし、さすがに女だと言い張るのは難しい。

「五分待ってもらって！」

「分かった」

和彦の友人たちがその結婚相手についてどう聞いているのか知らないが、結婚式のときには明らかになることだ。

和彦は幼等部から大学まであるお嬢様学校で有名な高校の、その中でも深窓の令嬢として知られている女子高生と結婚したことになっている。期待を裏切らず、なおかつおかしな疑惑を感じさせないためにも、それらしい格好をする必要があった。

桜子は自分の部屋に駆け込むと服を脱ぎ捨て、ボディスーツを身につける。それから、いかにもお嬢様っぽいワンピースを着込んだ。

まだ年齢的に化粧の必要はないから、あとは髪を梳かせば終わりである。毎日のことで慣れているせいもあって、急げば五分とかからない作業だ。

「よし、完了！　入れていいよ」

「早いな」

たようだ。

「オレ、コーヒーメーカーに豆と水をセットして、ボタンを押している間に来客たちはやってき

「んじゃ、入れるぞ」

「必死だから」

玄関のほうが賑やかになり、リビングに三人の男たちが入ってきた。

桜子はサッと自分の格好を見下ろし、大丈夫だと判断するとにこやかに和彦の友人たちを迎え入れる。

「いらっしゃいませ」

こういうときは、幼い頃から培われた外面が発揮される。ここぞとばかりに大猫を被り、にっこりと可愛らしく笑ってみせた。

「うっ…可愛い……」

「若い……」

「いいなぁ、女子高生……」

きちんとスーツを着たハンサムな会社員たちが、桜子を見て鼻の下を伸ばしている。

スーツのせいか和彦よりも年上に見えるが、和彦はそんな彼らの頭をバシバシと叩きな

がら言う。

「お前ら、よだれ垂らすなよ。サクラ、右から高幡《たかはた》、真崎《まさき》、石田《いしだ》だ」

「こんばんは。西園寺桜子です。よろしくお願いします」

「おいおい。もう、西園寺じゃないだろう。入籍はすませたんだから」

「あ、そうだ。神津桜子でした」

まだ公表されていないので、新しい名前を名乗る機会はない。それだけに馴染んでいないため、旧姓が出るのは仕方のないことだ。

笑って訂正して、客と自分たちの分のコーヒーとお茶菓子を用意する。人数が多いからと和彦も自然と手伝い、仲良く同じソファーに腰かけて彼らと向き合った。

肉体関係があると、自然とそれが態度ににじみ出る。それは何気なく肩や腰に触れる指先だったり、一緒に飲み物を準備したりする仕草だったりといろいろだが、とにかく見ていてしっくり来るのである。

だからこそ彼らは、和彦と桜子が結婚したことに疑問を持たなかった。桜子が若すぎることを羨んだりからかったりしても、仲睦まじいその様子に納得したのである。

「西園寺のお嬢様は、滅多にパーティーにも出てこない幻の花だったのに、見合いでお前と結婚ってひどくないか？　俺たちにはチャンスもなしかよ」

「俺の人柄が見込まれたんだ」

「ありえないだろう、それ。さんざん遊び回ってたくせに。桜子さん、和彦に悪いことを教えられてませんか？」

「ええっと……」

彼らの言う悪いことに、夜のあれは入るのだろうかと考えて、思わずパッと顔を赤らめてしまう。

「な…なんか…妙に色っぽいんですけど……」

「ヒトヅマの色気か？」

「夫婦か…こんなに初々しいのに、本当に新妻なんだな……」

桜子は熱くなった頬を手でパタパタとあおぎ、少しばかり焦りながら言う。

「あ、あの…楽しいことをいろいろと教えていただきました。ジーンズを買ってもらったり、ゲームセンターに連れていってもらったり。和彦さんと結婚してから、初めてのことばかりでとても楽しいです」

「ジーンズ？」

怪訝そうに首を傾げる真崎に、和彦が笑う。

「こいつ、ジーンズを持ってなかったんだよ。すごいだろう？」

「へぇー」

「そんな人がいるんだなぁ」

「でもお前、そんなお嬢様をゲーセンなんて連れていったら、怒られるんじゃないのか？大事に大事に無菌室で育てられてきたのに」

「あー…小言を食らいそうなのは確かだが、いかがわしい場所ってわけじゃなし。小学生だって出入りしてるゲーセンだぞ」

しばらく喋ってから、そろそろ夕食時だということで一緒に食べないかと誘う。冷蔵庫の中身は豊富なので、人数が増えても問題はない。

和彦にはアルコールを片手に友人たちと心ゆくまで語ってもらうことにして、桜子はちょっとしたツマミを出したあとはキッチンで料理に専念した。

天ぷらの下拵えはかなり進んでいるが、さすがにそれだけでは寂しいともう二、三簡単なものを作ることにする。ついでに味噌汁も作って、昔話から始めているらしい彼らに提供した。

和彦の友人たちは手料理に飢えているということで、喜んで皿を空にしていった。最終的に出したものもすべて食べてくれたので、後片付けがとても楽だ。

桜子の母が結婚祝いの一つとして贈ってくれたのが、最新式の食器洗い機である。これのおかげで手も荒れずにすむし、ずいぶん楽ができる。

三時間ほど滞在して酌み交わしていた彼らが帰ったあと、桜子はボディスーツを脱いで服を楽なものに着替えた。

「久々だと、疲れる……」

ゴールデンウィークの間、気を抜きまくっていたから体のほうも久しぶりの緊張にやけに強張っている気がする。

グルグルと肩を回しながらソファーに座り込むと、まだビールを飲んでいる和彦がニヤニヤと笑いながら言う。

「いや～…見事なお嬢様ぶりだったな」

「だって、十七年のキャリアだし。学校に行ってるときなんか、六、七時間は気を張り続けてなきゃいけないんだから、それに比べたら楽勝だよ。それにほら、女に比べて男って騙すの簡単だし」

「やっぱり、そうなのか?」

「うん。女はチェック厳しいよ～。お嬢様ばっかりのうちの高校だって、きっついのはいるし。意地悪くいろいろ見てるんだよなぁ。特に高等部に入ってからの子は、持ち上がり組に反感持ってるから大変で」

「ああ、特にお前、生え抜きのお嬢様だって思われてるからな。コンプレックスを持ってる連中からしたら、格好のターゲットだろう。それこそ、何かミスしないかと期待して見てるんだろうな」

「そういうこと。オレが男だってバレたら、あいつら大喜びで言い回るよ。ホント、絶対、何がなんでもバレるわけにはいかない」

「大変だなぁ」

「早く卒業したい。もっとも、大学に行っても似たようなものかもしれないけど……」

「高校と大学は、相当違うぞ。格段に世界が広くなるし、自由度も高くなる。ああ、でも、お前のところは女子大か…少し事情は違うかな？」

「うーん…さすがに普通の大学とは違うかもね。相変わらず、校門には守衛さんがいるっていう話だし。でも、もう少し息がつけるようになると思うんだけどなぁ」

「まぁ、高校よりはマシだろう。なんだったら、大学に行かないっていう手もあるし。俺のところにヨメに来たんだから、行かなくても問題なくないか？」

「ん？　う～ん……」

そういう手もあるのかと、桜子は考え込む。

桜子の境遇を不憫に思ってか、桜子は両方の祖父母からすでに相当な額の生前贈与を受けている。それはマンションを購入して、贅沢さえしなければ一生働かなくても食べていけるような額だ。

就職の必要のない桜子に、学歴は必要ない。ただ、大学に進むのが普通だから自分も進もうと考えていただけである。

「そうか…行かなくてもいいんだ……」

そうできたら、ものすごく嬉しいと思う。

女の子たちに囲まれて偽りの自分を演じるのには慣れているが、だからといって疲れないわけではないのだ。ときどき、ものすごくストレスが溜まって、何もかも放り出して逃げたくなるときがある。

結婚は、大学に行かない理由としてはちょうどいい。ただ問題は、それを桜子の母が許すかどうかだけである。

眉を寄せてグルグルと考え込む桜子に、酔って少々ハイになっている和彦が顔を覗き込みながら聞く。

「サクラ、酒、飲んだことあるか?」

「え? あ、ああ…シャンパンなら、少しだけ。乾杯のときにね」

「他は?」

「ダメって言われてたから、ないよ。未成年だし」

「なるほど。でも、大学に行ったら嫌でも飲む機会はあるぞ。自分の酒量を知るためにも、家で少しずつ試すのはいい手だと思うけどな。実際、それで俺は大学のコンパでもひどい目に遭わずにすんだんだからな」

「コンパかぁ……」

桜子の通うお嬢様学校でも、いろいろなルートから合コンの誘いを受ける。

当然のことながら男になどカケラも興味がなく、なおかつ自分の正体を知られたくない桜子は、それらをすべて断っていた。もちろんそんなときでもきっちりと感じ良くすることは忘れなかったので、そのお堅さとも相まって深窓のお嬢様説をより強固なものにしているのだから皮肉だった。

「まあまあ、飲んでみろって」

イソイソと冷蔵庫から冷えたビールを取り出してきた和彦は、桜子にそれを渡す。

「う〜ん……」

桜子はしばし逡巡したものの、外じゃないのだから酔っ払ってもいいかと思う。

プシュッとプルトップを開け、恐る恐る飲んでみた。

「あれ？　結構、美味しい……？」

「お？　意外といける口か？」

「なんか、嫌いじゃないかも」

苦いが、嫌な苦味ではない。炭酸は喉に爽やかだし、後味も好きな感じだ。後片付けをしている間に少し喉が渇いていたのか、やけに美味しく感じられた。

「お前んとこの家族はどうなんだ？」

「どうだろう？　お父様たちは、わりと強いほうかな。食事のときにワインを飲んでるけど、顔色一つ変えないし。お母様は…かなり弱いと思う。ワインを飲んでもすぐに顔が赤くなるし」

「じゃあ、お前もその体質を受け継いでるかもしれないな。ん？　そういや、もう顔が赤くなってるぞ」

「え、ウソ。嫌だなぁ」

桜子は顔に手を当ててみるが、確かに熱い気がする。

「全然、酔ってないと思うんだけど。っていうか、おツマミ欲しいなぁ」

自分で実際に飲んでみて、どうして酒にツマミが必要なのかなんとなく分かったような気がする桜子である。

冷蔵庫の中にチーズとスモークサーモンがあったことを思い出し、ついでに買い置きしてあるクラッカーも箱ごと摑んで戻ってきた。

「はい、おツマミ」

「お、サンキュー」

「明日のブランチにしようと思ってたんだけどねぇ。ベーグルサンドの中身、変更しなくちゃいけないなぁ」

「また、買い物に行くか？　今日、結構いろいろ食っただろう」

「うーん…そうだねぇ。行ったほうがいいかもなぁ。オレ、わりと溜め込んでおきたいほうだから。冷蔵庫の中身が少ないと、ちょっと不安なんだよね～」

「じゃあ、明日、午後からだな。外でランチを食ってからでもいいし」

「うん～」

いつもどおりのなんでもない会話をしながら、桜子は二本目のビールに突入している。だが顔だけでなく首元まで赤く染まっているし、語尾がやけに伸びがちだった。

「んー…美味しい♪」

楽しそうにクラッカーを齧り、コクコクとビールを飲む。

「お前、意外と飲めるんだな」

「んんっ、好きかも♡」

先ほどの来客たちの名残で、なんとなく二人は同じソファーに座っている。アルコールで力が抜けているのか、桜子は和彦にピッタリと凭れるようにしていた。

「んでも、ちょっと目ぇ回る…かな？」

「お？　それはまずいな。ほら、ビール寄越せ」

いやいやする桜子の手から缶をもぎ取った和彦はチャプチャプと左右に振って大体の残量を測る。

「一本と半分…微妙な量だな……」

下戸ではないが、外で飲ませるには不安が残る。しかも酔った桜子は甘えたがりになるのか、和彦に抱きついて奪われたビールを取り戻そうとしていた。

「もっと、飲むぅ」

「こらこら。やめとけって。明日、後悔することになるぞ」

「そんなの平気」

「平気じゃないから言ってるんだよ。どうせお前のことだから、飲ませた俺が悪いって八つ当たりするに決まってるしな」

「しないっ」

「するね。やめとけって。悪いこと、言わないから」

和彦がポンポンと頭を撫でて優しい声で言うと、桜子は顔をしかめる。

「んー……」

不満そうに唸りながら、それでもコクリと頷いた。

「よしよし、いい子だ」

「いい子？」

にっこりと無邪気に笑う顔が可愛い。そして困るのは、それが可愛いだけじゃないことだ。

アルコールで頬は上気しているし、目は潤んで目元も赤くなっている。おまけに無防備に甘えてくるその雰囲気は、和彦にいけない気持ちを呼び起こした。

「いい子はもう、ベッドで寝ようか？」

「……うん」

コクリと頷く様子が子供のようで、和彦は相好を崩しながら桜子の体を抱き上げる。そしてベッドまで運び、服を脱がしにかかった。

シャツをはだけ、ジーンズのファスナーを下ろす。

「はい、腰上げて」

「んー」

いつになく素直に協力する桜子に、下着ごとスルリと剝いてしまう。そのまま胸をいじると、声を嚙み殺すことなく「あんっ」という甘い声を上げた。

「お?」

アルコールで、羞恥や禁忌が飛んでいるのかもしれない。桜子は乱れる自分が恥ずかしいのか、いつも我慢できるところまで声を上げようとしないのだ。

「いいかもしれないな」

羞恥に耐える桜子を限界までいたぶって啼かせるのも楽しいが、素直に声を出す桜子の姿も可愛い。

和彦は指で桜子の尖った乳首を摘み、聞いてみる。

「ここ、気持ちいいか?」

「んっ、気持ちいい」

「どうしてほしい?」

「舐めて……」

「舐めるだけ?」

「あ…吸って、嚙んで……」

それはいつも和彦が桜子にやっていることだ。乳首が性感帯の一つとして快感を覚えられるように、さんざん弄んできた。

「そうか。サクラは乳首をいじられるのが好きなんだな?」

「んんっ…好きぃ」

「………」

なんだか可愛すぎないかと、和彦は感動する。そしてそれと同時に、いったいどこまで素直に言うことを聞くのかと好奇心が生まれた。

「サクラ、もっと気持ちいいことをしてやるから、ほら、足を広げて。膝の裏、持って。よーく見せてくれ」

「んー……」

普段なら、絶対に自分からはしないポーズだ。達かせないようにして、思いっきり啼かせてわけが分からなくさせてからじゃないとしない。

けれど和彦は、あえて要求してみた。

「腰を上げて、足を開いて。どこがいいか見せるんだ」

「んっ……」

桜子はコクリと頷いて、言われるがままのポーズを取る。アルコールで頭がボーッとしていて、自分がどんな格好をしているのか認識できていなかった。

和彦の前に大きく足を開いて、あますところなく体を見せつけた。

「ここ、触って……」

勃ち上がりかけている、自身の欲望に触ってみせたりもする。

思わず貪りつきたくなる誘惑をグッと抑え込み、和彦は要求されるまま桜子のペニスを掌に包んで扱き始める。

「あ、ん…気持ちいい……」

トロトロと零れてきた液が、桜子の言葉がウソじゃないことを教える。しかし同時に、和彦に開発された後ろの部分がもの言いたげに収縮していた。

和彦はそれに気がつくと、扱く手をそのままに桜子に質問する。

「前だけでいいのか？　後ろは？　寂しそうだぞ」

そう言ってひっそりと隠れている蕾をツンツンと突つき、桜子に甘い声を漏らさせる。

「後ろも…好き……」

「じゃあ、舐めてやるから広げてみな」

「んっ……」

桜子の淫らな姿を見たいという欲望に後押しされ、和彦は要求をエスカレートさせていった。

しかも酔った桜子は、その要求に応えるのである。

両方の指で広げた後孔は淫らな収縮を見せるが、まだ慎ましやかにその口を閉じている。

そのくせ、誘うように蠢くのだ。

「クソッ、まいったな。こっちのほうが我慢できなくなってきた……」

この誘惑に逆らうには、鋼鉄の理性が必要である。

しかしあいにくと和彦はそんなものを持ち合わせていないので、かなり苦しい思いをしながら、それでも桜子を傷つけるわけにはいかないとたっぷりと慣らす。

こういうときこそジェルの出番だ。時間をかけて慣らしている余裕はなく、和彦は指にたっぷりと潤滑剤を出してほぐしていった。

ありがたいのは、酔った体にはどこにも緊張というものがなかったことである。毎夜の交淫に体が慣れていたこともあって、とろけるまでにさほど時間は必要なかった。

「限界だ」

和彦は桜子に膝の裏を持たせたまま、一気に根元まで挿入した。

「あ、あっ…和…彦ぉ……」

「気持ちいいか?」

「んっ…いい……。気持ち、いい……」

「本当に、恐ろしく素直だな。意地っ張りの恥ずかしがり屋も可愛いが、こういうのもたまにはいいか」

夫婦生活には適度な刺激が必要だと、何かの本で読んだような気がする。かなり変則的で、まだ新婚ホヤホヤの和彦たちには当てはまらないのだろうが、いつもと違う桜子に燃えるものがあるのは確かだ。

しかも毎晩のセックスで桜子の経験値も格段に上がっており、羞恥というブレーキのなくなった今、自ら積極的に責めてきたりもする。

「うっ…くそ。マジでエロい体しやがって」

ギュッときつく締めつけられ、思わず持っていかれそうになった和彦は、悔しそうに呟くと主導権を取り返すべく大きく腰を突き上げた。


翌日の、桜子の目覚めは最悪のものだった。

「あ…頭が痛い……」

「ようやく起きたか」

すぐ側から声が聞こえてきて、桜子が視線を上げるとベッドヘッドに凭れかかって何か書き物をしている和彦がいた。

「頭が…ものすごく痛い…んだけど……」

「二日酔いだな、それは。ほら、水と薬。水分をたっぷり摂って、今日は一日おとなしくしておけ」

「うーっ」

桜子は唸りながらそれらを受け取ると、ゴクゴクと水を飲む。

「胃が少し落ち着いたら、何か作ってやるよ」

「いら…ない。気持ち悪い……」

「軽く胃に入れておいたほうが楽になるんだよ。これは経験者の言うことだから、間違いない」

「ううっ…もう飲まない……」

「定番のセリフだが、賢明だな。お前、昨日のこと覚えてるか？」

「……ええっと…和彦の友達が来て、宴会になって……。みんなが帰ってから、ビールを飲んだ」

「そのあとは？」

「あとって…ビール、美味しかったけど……」

「いや、そのあと」

「そのあと……？　そのあとって…寝た…んじゃないの？　いつベッドに入ったか、覚えてないけど」

「なるほど」

和彦は眉を寄せ、ふむと考え込む。

その表情は常とは違う難しいものだったので、記憶のない桜子としては大いに不安になってしまう。

「オレ…何かした……？」

「そうだな…外では…というか、俺のいないところでは、絶対に酒を飲むんじゃないぞ。とんでもないことになりたくないだろう？」

「と、とんでもないこと……？」

それって何？　…と、聞きたいのに聞けない。聞くのが怖い。聞いて、それが本当にとんでもなかったらどうしようとアワアワした。

和彦は冷や汗を垂らしている桜子に、悪辣な表情でニヤリと笑う。

「とんでもなく、とんでもないことだ。いや～、俺はおかげで楽しかったけどな。酔っ払ったお前、えらく素直でな。実にいろいろやってくれたぞ。自分で足を持って全部見せてくれたり、騎乗位で腰を振ってくれたり。せっかく初フェラまでしてくれたのに、全部忘れちゃったのか？」

「………」

「うつ伏せで腰を上げて、指を突っ込んで自分で中まで見せてくれ……」

「わ――――っ!!」

とんでもないことを次々に発表してくれる和彦に、桜子は大声を上げて阻止するが、そのせいで自らの頭痛に拍車をかけることになった。

「ううっ…頭が…割れそう……」

「バカだな、どうしてそんな大声を出すんだ」

「だ…誰のせいだと……」

涙目で睨みつける桜子を、和彦は楽しそうに笑う。

「ま、誰もが一度は通る道だ。しかし…まいったな。成人したら、嫌でも飲まされるようになるからなぁ。お前、やっぱり大学に行くの、やめたほうがいいんじゃないか？　ああいう場じゃ、断りきれないこともあるし」

「うっ……」

「あんな状態じゃ、何を言い出すか分からないぞ。男だとバレる可能性、九十パーセント以上と見た」

「ううっ……」

桜子は頭を抱え、頭痛と吐き気と自分の不始末とで泣きそうだった。

「まぁ、おかげで俺は楽しかったが。サービス満点で…たまにはああして酒を飲むのもいいな。今度はシックスナインと行くか」

「……」

いかにも嬉しそうな和彦とは反対に、桜子は盛大に顔をしかめて溜め息を漏らす。

「和彦…性欲、多すぎ……」

「なんだと。冗談じゃない。言っておくけどな、俺はもう二十八歳だぞ？　やりたい盛りのガキとは違うんだ」

「……毎日やってるくせに」

「だから、それがおかしいんだよ。思い出してみろ。お前に手を出す前、俺がどれくらいの期間、禁欲生活を送ってた？　毎晩、女漁りに出かけたか？」

「そういえば…ずっと家にいた……」

「だろう？　お前が高校に行っている間だって、おとなしく部屋で仕事をしてたんだからな。俺がそれほどがっついてないって分かるだろうが」

「でも…毎晩……」

「それが俺も不思議なんだよな。はっきり言って、高校生のときだってさすがに毎晩はやらなかったぞ。せいぜい二日に一度か三日に一度だ。毎晩家を抜け出すのが面倒っていうのもあったが、それでわりと足りてたからな。それが、今はこれだろう？　俺だって不思議なんだよ」

「……」

「やっぱり俺は、お前のせいだと思う」

「はーっ!?」

なんだそれはと、桜子を目を瞠る。

昨夜は酔っ払っていたからどうだか自分でも覚えていないが、基本的に誘ってくるのは和彦のほうだ。それを自分のせいにされてはたまらなかった。

「なんで、オレ!?」

「そうじゃないか。お前とセックスするまで、俺のペースはもっとのんびりしたもんだったんだ。長いときは二週間もご無沙汰してたんだぞ。それがお前とやってから、毎晩だ。つまり、お前のせいだろう？」

「その理屈、絶対おかしい！　なんでオレのせいなんだよ！」

「だから今言っただろうが。俺がこんなにセックス三昧になったのは、お前とやってからだって。やつらにも新婚なんてからかわれたが、冗談じゃすまないペースだぞ」

「だから、そんなのオレのせいじゃないっ」

「絶対、お前のせいだ。俺、どうもお前を見てるとムラムラするんだよな。同じもんがついてても、全然萎えないし。まぁ、お前のは俺のと比べると別物っていうくらい可愛い色と形をしてるけど」

「へ、変なこと言うなっ！」

「事実だろ。お前のは、可愛い。ちゃんと剝けてるのに、色とかピンクで子供のみたいだよな。俺、自分が男のものを咥えられるとは思ってもみなかったぞ」

「………」

よく恥ずかしげもなくそんなことを言えると、桜子は絶句する。

「でも、さすがに他の男のものが咥えられるとは思えん。想像するだけで吐き気がするぞ。そう考えると、やっぱりお前のせいってことだ」

「ぜ、絶対、その理屈、おかしい」

どう回り道をしても、最後には桜子が悪いということになってしまう。恐ろしく俺様思考な和彦である。

　言い争うだけ無駄かも…と思いつつ、このままおとなしくしていれば自分のせいということで確定されるのは間違いないので、桜子は痛む頭を抱えつつ、果敢に舌戦へと立ち向かうのだった。

★
★
★

いつもどおりの週末。

昨夜もたっぷりと和彦に啼かされた桜子が目を覚ましたとき、太陽はすっかりのぼっていた。

目を開けて無意識のうちに和彦を探すが、その姿はない。

「あ……れ……?」

反射的にサイドテーブルの時計を見ればまだ午前十時で、和彦が自ら起きて活動するには早い時間だ。

もともと夜型人間の和彦である。桜子が高校に行っている間は毎朝きちんと叩き起こしていたが、ゴールデンウィークの間、桜子が高校に行かなくてすむのをいいことに、午後にならないと起きなかった。

それというのも、毎日のハードなセックスに桜子が完全にオーバーワークとなり、昼すぎまで起きられなかったからである。

最長で十六時間も寝たことがあるという和彦は、放っておくといつまでも起きようとしないのが普通だった。

「おっ？　目ぇ覚めたのか？」

和彦は、外に出かける格好をしている。

シャツにジーンズというラフな格好ではあるが、外出着はすべてクリーニングに出していたというだけあって、ジーンズでもきっちり家の中用と外用とで分けているので、一目で見分けがつく。

和彦が出かけること自体がないわけではないが、桜子がここに越してきてからは大抵一緒に連れていってもらっている。だから和彦一人で、しかもわざわざこんな時間に起きてまで…というのは珍しかった。

「ど…したの……？」

声が少し掠れ気味なのは、寝起きなのと、昨夜——というか、朝方までというか、喉を和彦に酷使させられていたからだ。

「お袋に呼び出しを食った。式のことで、行かないとどうしようもないらしい。そう時間はかからないと思うけどな」

「そう…いってらっしゃい」

「何か欲しいものあるか？」

「水…冷たいの、欲しい」

その言葉に、和彦は笑い声を上げる。

「帰り、何か買ってくるかっていう意味だったんだけどな。まぁ、いい。今取ってきてやるよ」

「ありがと……」

桜子の喉はカラカラだが、一歩たりとも歩きたくない。それ以前に、ベッドから出るのも嫌だった。

まだまだ眠気は去らないし、気を抜くとすぐにでも意識が沈み込みそうだ。

それでも喉の渇きは耐えられないほどで、和彦が持ってきてくれたコップをありがたく受け取って、零さないように気をつけながら中の水を一気に飲み干す。

「おいおい、すごい勢いだな。もう一杯いるか?」

「んっ、もういい。喉、楽になったし」

ふうっと吐息を漏らし、再び毛布の中に潜り込みかけてあれっと首を傾げる。

「あ…そういえば、式のことって…オレ、行かなくてもいいのかな?」

「ああ。今回は俺だけでも大丈夫だそうだ。それにお前、まだ動くのきついだろう? 帰り、なんか食い物を買ってきてやるから、それまで寝とけ」

「んー……」

眠気はまだまだなくなっていない。それに、酷使された体のほうも今しばらくの休息を必要としている。

桜子は頷くと、部屋を出ていく和彦を目だけで見送って、またすぐに眠りの世界へと戻っていった。


トロトロとした、気持ちのいい二度寝。

優しく髪を撫でられる感触に意識が浮上した桜子は、嬉しそうな微笑を浮かべる。

「和…彦……」

もう帰ってたんだ…と続けようとして、ベッドに腰をかけて自分を覗き込んでいる顔が和彦ではないことに気がついた。

「――っ!?」

ギョッとして、思わず跳ね起きて後ずさる。

桜子の今の格好は、和彦のシャツを一枚着ているだけだ。

明け方まで続いたセックスのあと、いつものように浴室で和彦に後始末をされてから着せられたものである。

大きいから太腿まで隠れるとはいえ、自分に思いを寄せている男を前にするにはあまりにも心もとない姿だった。

まずいのは、下に例のボディスーツを着ていないことだ。自分の家で無防備に眠っていたのだから当たり前なのだが、そのせいで達彦にバレる可能性が高くなる。

シャツのラインから、疑われるのではないかと不安になる。

桜子は思わずシャツの襟をかき合わせ、胸元を隠すように手を交差した。

達彦はそんな桜子を怖いような瞳で見つめ、今までに何度も繰り返した言葉を寄越してくる。

「キミが好きなんだ」

「私は、和彦さんの妻です」

「分かってるさ。式の準備は着々と進んでいるし、今日も和彦のやつがうちで何かの打ち合わせをしてるんだろう?」

「………」

知っていて来たのかと、桜子は眉を寄せる。それに、おそらく和彦の母の元に預けられているだろう合鍵を使って勝手に入ってきたことに不安が込み上げた。

「キミの顔が、頭から離れない。もう、諦めなくてはいけないと分かっているはずなのに。だから…一度だけ。それで諦めるから」

その言葉に、桜子はギクリと顔を強張らせる。

「な、何を言って……。そんなことに、うんって言うはずがないでしょう！　あなたは和彦さんのお兄さんなんですよ!?」

「兄じゃなければいいのかい？」

「そういう意味じゃありません！　誰であろうと、そんなことをするつもりはありませんから」

「和彦とはしているのに？」

「………」

意味深に向けられた達彦の視線の先には、桜子の首筋がある。おそらく、和彦のつけたキスマークが覗いているのだろうと分かった。

「和彦さんは…夫です。他の人とは違います」

「でも、このままでは私は狂ってしまう」

達彦は妙に優しい笑みを浮かべてそう言って、いきなり桜子に襲いかかってきた。

「嫌だっ!!」

押し倒され、シャツにかけられた手が乱暴に左右へと開かれる。

ボタンは弾け飛び、下着をつけていない桜子の剝き出しの裸身が露になった。

「お、男っ!?」

「――――」

思いもしない事実に、達彦は呆然としている。

桜子の平らな胸と男性のシンボルを見つめ、だが視線は次にあちこちにつけられた執拗なまでのキスマークに向かう。

達彦の喉が、ゴクリと鳴った。

「和彦は…男のキミを抱いているのか……」

「……」

「……男でも、キミのことが好きだ」

バレたのはつらいし、体を見られたのもつらいが、達彦はノーマルだから男と分かったら引いてくれると思っていた。

「達彦さん……?」

「好きなんだ……」

達彦はもう一度呟くと、桜子の体に覆い被さってきた。

「達彦さん！」

男だと分かってなお襲いかかってくる達彦に、桜子は死に物狂いで抵抗する。手足をめちゃくちゃに振ってなんとか逃げようとするが、体勢の悪さと体格差がそれを不可能にしていた。

「やだ、やだ、やだっ‼」

裸の胸を達彦の手が這い回り、乳首を指で擦る。そうされればツンと尖ってみせるが、体には鳥肌が立っていた。

性感帯のはずの乳首をいじられても、局部を揉まれてさえ恐怖と気持ち悪さに震えるばかりで、桜子のものはまったく反応しない。クニャリと萎えたまま、ピクリともしなかった。

和彦と同じＤＮＡを持ち、よく似た顔立ちの達彦なのに、体は受け入れようとせずに拒否反応が出る。それは桜子自身、少し不思議に思うほどだった。

あちこち愛撫をしているにもかかわらず反応を示さない桜子に焦れて、達彦の指が後腔に伸びてくる。

「ひっ！」

無理やり指を挿入されて、桜子の喉から悲鳴が漏れた。

そこは明け方近くまで和彦のものを受け入れていたため、入口はきつく窄まりながらも中はまだしっとりとしている。

「やっ…嫌っ、抜いて‼」

「一度だけでいいから」

「やだっ！」

傷つくかもしれないと思いながら、それでもおとなしく受け入れることなどできずに桜子は暴れる。

体を押さえつけられて二本目を挿入されたときも、やはり必死になってなんとか逃れようともがき続けた。

「やだ、嫌っ、和彦っ！」

男の抱き方を知らない達彦だから、後ろをちゃんと慣らすことなく突っ込んでくるかもしれない。

達彦を受け入れさせられるかもしれないことを考えて、桜子はパニックに襲われた。

「和彦、助けてっ！　和彦、和彦、和彦ぉ」

嫌だと泣き叫び、和彦に助けを求める。

達彦の指が離れて足を抱え直されたとき、桜子のパニックは頂点に達した。

「サクラッ!!」

名前を呼ばれても、幻聴かと思った。

しかし覆い被さっていた達彦の体が後ろに引っ張られ、目の前でその顔に拳がめり込んだときにようやく現実だと分かる。

「ぐっ！」

殴られた勢いで後ろの壁に叩きつけられた達彦を、険しい形相の和彦が容赦なく蹴りつける。

「人のもんに手ぇ出すんじゃねえよ！」

「うっ、ぐ、お、お前、男と結婚を……？」

「うるせぇ！　男も女も関係あるかっ。俺は、抱きたいと思ったやつを抱くんだよ。何が悪い！」

「男だぞ……？」

「お前、いつの時代の人間だよ。今時、男同士だからってそんなにショック受けるか？　嗜好の問題だろ。第一お前、そんなこと言っておいて、サクラに何をしてた？　襲いかかってるようにしか見えなかったぞ」

「あ…私は……」

今更ながら自分のしていた行為がどんなことなのか思い知ったのか、達彦は自身の手を見つめて呆然としている。

和彦はそんな達彦の襟を摑んで部屋の外に叩き出すと、チェーンをかけて中に入れないようにした。

そして寝室に戻り、自身の体に腕を回して小さくなっている桜子に声をかける。

「大丈夫か？」

「う……」

「突っ込まれてはいないんだろう？」

桜子はその質問に目を瞠り、必死の形相でコクコクと頷く。

「やつに、何をされた？」

「さ…触られて…指…入れられた……」

「くそっ！」

和彦は罵声を漏らすと、桜子の体を担ぎ上げた。

「やっ、何？」

「洗う」

「あ…洗う……？」

「ああ。あんなやつに触られたままにしておけるか。あいつに触られたところ、綺麗に洗ってやるよ」

そう言って和彦は浴室へと直行し、桜子の頭からシャワーを浴びせる。そしてボディソープを泡立てると、耳の裏や爪の内側、足の爪先に至るまで執拗なまでに丁寧に洗っていった。

特に乳首やヘソ、性器の辺りは執拗だ。桜子を立たせたままバスタブに片足を乗せて足を開かせ、ペニスだけでなく双珠に至るまで洗い上げる。

「や、やだっ。そんなとこ、触られてない!!」

「本当か？　必死になってて、覚えてないかもしれないだろう？」

「覚えてる！　ちゃんと、覚えてるからっ。そんなとこ、絶対、触られてない！」

桜子は首を振って嫌がるが、和彦は聞かない。後孔に指を突っ込んで掻き混ぜ、挙句の果てに膨らんだ自身のものまで挿入した。

「ああ――っ！」

「きついな」

立ったままの体勢だから、きついのは当たり前だ。いくら毎晩のように開かれているとはいえ、時間が経てば元通りに閉じてしまう。

片方の足を抱えられるという不安定な体勢の中、和彦しか縋るものがない桜子は、和彦を恨めしそうに睨みつけた。

「き…ついのは、こっち」

「ああ、悪い。少し強引だったな。お前が襲われているところを見て、どうにも苛々してたらしい」

そう言って、桜子が少し体から力を抜いたのを皮切りに、抽挿を開始する。

「うっ……」

「お前、俺だけのものだろう?」

「あの人には…あの人とは、なんともなかった……」

「くそっ。心臓がとまるかと思ったんだぞ」

「はっ…だって…目、覚めたら……いた……」

「合鍵を使って入ったんだな。実家に一つ預けてるからな。即行で鍵を替えてやる。お前、もう、他の男に触らせるなよ?」

「そ…んなこと、するわけない…だろ……!」

そもそも今回のことだって、桜子は何も悪くない。達彦に挿入されないよう、必死に抵抗だってした。

しかし和彦の怒りは収まらないようで、内部を抉る動きはいつもよりずっと激しい。立ったままの体勢も、桜子にはつらいものだった。

「あ、あっ、やっ……」

思ってもみない角度で突かれて、プルプルと足が震える。

「お前の嫌は、いいっていう意味だからな。ここ、感じるだろ?」

「ふっ、ん……」

大きなものをズルズルと引き抜かれて入口近くを擦られ、再び一気に奥まで抉られれば嬌声も漏れる。

後ろを何度も何度も突かれ、桜子は絶え間なく嬌声を上げ続けた。


浴室でのその手の行為は、ベッドでのそれより格段に疲れる。自分の嬌声にエコーがかかるので声を嚙み殺すのも大変だし、硬いタイルの上では立ったままやられてしまったり、ついた膝が痛くなったりするからだ。

もっとも、おかげで達彦に襲われたショックと恐怖はずいぶん薄れた。和彦の不埒な行

為で記憶に上書きされた感じである。

湯気でいっぱいの浴室からようやく出してもらえた桜子は、和彦の手でバスタオルに包まれたままペタリと床に座り込んだ。

「お…風呂では、嫌だって…言ってるのに……！」

いかにも苦しそうに、だがしっかりと文句を言うが、和彦に反省した様子は見られない。

楽しそうに顔をにやつかせ、桜子の体を拭いていた。

「悪い悪い、つい」

「そ…いう軽いとこ、ものすごく…腹が立つ」

「よく言われる」

「………」

桜子はムッと口をへの字にし、力の入らない手でバチンと顔を叩いた。

そこに先ほどまでの悄然とした様子はなく、和彦は内心で安堵しながら笑って聞く。

「体、大丈夫か？」

「……大丈夫…じゃない。腰、立たないよ」

「やっぱり？」

明け方までのセックスに風呂場での立ったままの一回が加わったのだから、腰が立たなくても仕方ない。

ドライヤーで髪を乾かしてやった和彦は、床に座り込んだままの桜子にパジャマをきっちり着せてリビングに運ぶ。

横抱きした状態で、ソファーに座り込んだ。

「まぁ、しばらくおとなしくしておいたほうがいいな。メシ、持ってくるか?」

「うん」

いったん桜子を膝の上から下ろして玄関のところに放り出したランチボックスを持って戻ってきた和彦は、荷物をテーブルの上に置いて再び桜子を抱きかかえる。

握り締めたままの左手には、小さな箱が収まっている。

ほらっと、桜子に差し出した。

「何、それ」

「お前のだ」

「え?」

和彦は首を傾げる桜子の前で、パカリと箱を開ける。

ビロードのケースに収められていたのは、大粒のルビーを中心に据えた指輪だ。見事なピジョンブラッドが、美しいきらめきを放っている。

「綺麗……」

母の宝飾類を目にする機会の多い桜子はそれなりに目が肥えているほうだが、この指輪は素直に綺麗だとそう思う。

「今日は、これを受け取ってくるのが一番の目的だったんだよ」

「これを？」

「ああ。俺のばあ様のなんだけどな。前から俺の嫁に渡したいって言われてたんだ。お前のお母さんに聞いてサイズ直しをして、さっき受け取ってきた」

「ええっと…もしかして婚約指輪っていうやつ？」

「ああ。婚約指輪っていうには、ちょっと遅いけどな。婚約指輪って、結婚してから渡してもいいものなのか？」

「知らない。結婚するの、初めてだし」

「俺もだ。……まぁ、そんなこと、どうでもいいか。なぁ、サクラ……」

「はい？」

改まった声と表情で名前を呼ばれ、桜子は無意識のうちに背筋を伸ばす。

なんだろうと思いつつ和彦の顔を見ていると、和彦はどこか困ったような表情で言う。

「見合いとか、母親たちの思惑とかそういうのは一切関係なく、俺の嫁さんになってくれるか？」

「え……？」

「一応、プロポーズのつもりなんだが」

「……」

まさかそんなことを言われるとは思っていなかったから、桜子は呆然とする。プロポーズも何も、自分たちはすでに結婚しているのだ。

「俺たちの入籍、あれ、便宜上のものだったからな。俺は今、あんなのとは関係なく、サクラと結婚したいと思ってるんだよ。だから、お前にもそういう気持ちでこれから一緒に暮らしてほしい」

「……」

桜子はまだ動けない。少しずつ和彦の言っている内容が頭に浸透してきて、それと同時に胸に喜びが溢れ出す。

「互いの母親に嵌められて結婚して、セックスもなし崩しだっただろう？　サクラとの生活が楽しかったし、実に居心地がいいから深く考えないでいたが…あのバカ兄貴のおかげでそういうわけにもいかなくなった。サクラの心も体も俺のものだって実感したいし、お前にもしてもらいたい」

「……」

「あー…こういうのは、ちゃんとしなきゃダメなんだったかな？　じゃあ、まぁ、改めて」

和彦はゴホンと咳払いをして桜子を膝の上から下ろし、ソファーに座らせる。そして自分は桜子の前に跪き、指輪の入ったケースを差し出した。

「桜子さん、好きです。愛してます。俺の妻になってくれませんか？」

「……」

今まで一度も聞いたことのない声音と、改まった口調。表情は少し緊張を湛え、それでも桜子を優しく見つめている。

「返事は？」

「……はい」

「俺のこと、好きか？」

「うん……」

「愛してる？」

「うん……」

「それじゃ、ダメだな。俺はちゃんと言ったぜ？　お前にもちゃんと言ってもらわないと」

意地の悪いその表情に、桜子は顔を赤くしてウーっと唸り声を上げる。

「……やっぱ、性格悪い」

「聞き飽きたな。ほらほら、ちゃんと言えよ。でないと一生苛め続けるぞ」

「……。一生？」

「ああ、一生。いいのか、それで？」

「………」

つまりそれは、和彦が一生側にいるということだ。ある意味、先ほどの型どおりのプロポーズよりも、ずっと和彦らしいプロポーズのような気がする。

だから桜子は思わず笑みを浮かべ、そして和彦にギュッと抱きついて言う。

「好き……」

「愛、してる……」

恥ずかしさをこらえ、初めて自分から唇を寄せてキスをする。

「よしよし、いい子だ」

頭を撫でられ、キスがディープなものになっても、桜子は嬉々として応える。

しかしさすがにそこでもう一度…と突入するほど和彦もケダモノではなく、チッと舌打ちしながらも終わりのないキスで我慢した。

「今度の休み、結婚指輪を買いに行こうな」

「結婚指輪?」

「ああ。普通、結婚したら嵌めるやつ。それすら買ってないってところに、俺たちがいかに流されてたか分かるな……。さすがに高校にはつけていけないだろうが、休日はつけてもいいだろう?」

「うん……」

コクリと頷きながら、桜子は首を傾げる。

「なんか…意外……」

「何が?」

「和彦、そういうの嫌がるタイプかと思ってたから。邪魔だとか、なくしそうだとか言いそうじゃない?」

「まぁ、確かに小物の類いは好きじゃないんだけどな。結婚指輪くらいは嵌めてもいいかと思ったんだよ。あれは、いい牽制になるだろう? 少し目を離すと、すぐに男に声かけられるから、お前」

「うっ」

おそらくポヤポヤした雰囲気が良くないと思うのだが、和彦と出かけて、ちょっと一人になると声をかけられたりする。本屋やCDショップで一人になったときや、飲み物を買ってもらっているわずかな時間ですらそうだった。

「それで本当に牽制になるなら、うるさくなくていいかも。オレ、どうやって断っていいのかよく分からないし……。水仕事のたびにいちいち外してるとなくしそうだから、石とかついてないやつがいい」

「そうだな」

「うん、ちょっと楽しみ」

「外すなよ」

「和彦こそ。牽制は、そっちにだって必要なんだからな」

「ああ、分かった」

二人は顔を見合わせ、もう何度目か分からないキスを交わした。

★★★

結婚式のその日は、太陽が目に眩しいほどの快晴だった。

規模に比べて準備期間が短かったにもかかわらず、二人の母親たちの手腕によってすべては完璧に整えられている。

オーダーメイドで仕立てられたウエディングドレスも完璧で、桜子をイメージしたというだけあって素晴らしく似合っていた。

控え室で着付けをするのは、ドレスをデザインした茉莉と桜子の母の二人である。器用な茉莉はすべてを自分のイメージどおりにしたいということで、ヘアメイクに至るまですべて手がけたのである。

「どうかしら?」

「桜子さん、とても素敵よ」

「自分のデザインながら、本当にうっとりしちゃうわ。ああ、もう完璧！　こんなに可愛らしくて初々しい花嫁さん、そうそういないもの。デザイナー冥利に尽きるって、このことね」

「茉莉さんの作ってくださるドレスは、いつも桜子さんを素敵にしてくださるわね」

「今の私のミューズは桜子さんですもの。桜子さんが生まれて、そのあまりの可愛らしさにベビー部門を作ってしまったくらい。今でも、私が子供服をデザインするときは桜子さんの写真を見ながらなのよ」

「桜子さんが結婚してしまって寂しいし、可愛い孫が欲しいわねぇ」

「あら、素敵。そうしたら、また新たなインスピレーションが♡」

母たちはキャッキャキャッと楽しそうである。元お嬢様な二人は、顔を合わせると今も女学生の乗りだ。

そんな二人とは対照的に、ウエディングドレスを着せられた桜子は小さく溜め息を漏らした。

頭の上でまとめられた髪に、真珠のティアラ。長いヴェール。顔にはしっかりと化粧を施され、うっかり動くと真っ白なドレスにファンデーションがついてしまいそうでろくに身動きもできない。

それに、何よりもドレスが異様に重い。桜子のイメージだとかで全体的に小さな真珠が縫い込まれていて、ドレスの重さは十キロ以上だ。豪奢な織りのシルクを使っているから、それだけでも相当なものだった。

「このドレス…重い……」

これまでにも何度かシルクでできたフォーマルドレスを着せられている桜子だが、それらとは比べようもないほどの重量である。

おまけに足には、ウエディングドレスをより美しく見せるためにと、桜子はハイヒールを履かされている。こんなに重くてズルズルしたものを着て、華奢なハイヒールを履かされては歩けるのかどうか疑問だ。

桜子がそう泣き言を訴えると、二人はクスクスと笑う。

「おバカさんね。たかだか五センチのヒールで情けないことを言わないの。花嫁は、たとえ十センチのヒールを履こうが、十キロや二十キロのドレスを着ようが、花嫁としてのプライドで美しく歩かなければいけないのよ」

「そうよ。それが花嫁というものよ。それに、内掛けなんか最悪よ。カツラは痛いし重いし、着物はギュウギュウ締めつけられて苦しいし。激しい頭痛に苦しめられて、それでも笑顔を絶やさないのが花嫁というものなのよ」

「はぁ…そうですか……」

おば様方がタッグを組むと、桜子は到底敵わない。そもそも母一人にだって勝てないのに、それが二人三人と増えればもう言うだけ無駄という感じだった。

しかし、椅子に座るにも手を引いてもらうような状態で、果たして結婚式は無事に挙げられるのだろうかという不安に陥るのも無理はないと思う。

「女の人ってすごいなぁ……」

桜子の見かけはこんなだが、性別はちゃんと男だ。だから女性よりは力も体力もあるはずなのに、始まる前からもう疲れている。

「大丈夫。本番になれば、シャンとするわよ」

「ええ。人前に立つ緊張感は、ドレスの重さを忘れさせてくれると思うわ」

「人前……」

嫌だなぁ…と、溜め息が漏れる。

桜子も和彦も結婚式なんてカケラも興味がないし、むしろ面倒くさいだけだと思っているが、それが許される立場ではない。そもそもが桜子のウエディングドレス姿見たさにこんな羽目に陥っているため、やめようなんてことは一言たりとも漏らせなかった。
二、三時間ばかり我慢すれば終わるのだと、桜子は脳裏に「忍耐」という言葉を書き、とっとと始まってくれとさえ思う。
「………」

この日、何度目かの溜め息が漏れたとき、コンコンというノックの音がして、父が入ってきた。

「ああ、お父様」

花嫁はいろいろとやることがあるからと、前日から実家のほうに泊まっていたが、朝からバタバタしていたため父とは初めて顔を合わせる。

母やその友人たちに比べればずっと常識人な父の登場に、桜子はホッと肩から力を抜いて笑顔を見せた。

けれど父は目を見開き、マジマジと桜子を見つめて呟く。

「美しい……」

「……」

心からの感嘆の言葉だが、桜子は困ってしまう。

この父は桜子が本当は男だとちゃんと知っているはずなのに、本気で娘だと思っているんじゃないかという節がある。可愛い娘が欲しいと思っていたのは何も母だけでなく、父も同じだったということなのだろう。

桜子の手を握り締めた父親は、今にも泣き出しそうな様子である。西園寺家という名前をバックに、経済界でもちょっとした存在であるこの父は、惚れ込んだ妻にそっくりな桜子にはひどく弱いのだ。

「ああ、まさかこんなに早く嫁に行ってしまうとは……。あと、二十年は手元に置きたたかったのに」

「……」

それもどうなんだと、桜子は心の中で突っ込みを入れる。

二十年後ならいいのかとか、二十年後じゃ自分の年齢は三十七歳になるとか、それはそれで問題なんじゃないかとか、いろいろである。

けれど、もしこの結婚を持ち出したのが母じゃなければ、父が断固として反対したのは分かっている。

「あの…最初は少し恨んだけど、今は良かったって思ってるから……。ちゃんと、和彦さんのこと好きになったよ」

「それは分かっていたよ。キミのお母様は、キミが不幸になるようなことは絶対にしないからね」

「うん……」

それは桜子にも分かっている。母は桜子のことをとても大切にし、愛してくれていた。

だからこそ、母がどんなに理不尽なことを言い出しても最終的には聞き入れてしまうのである。

「キミが幸せになるためのけじめで、第一歩だと分かっていても、やはり父親は寂しいものでね。相手の男に渡したくないと思ってしまうのは、きっと仕方がないことなんだろう。今ならお義父さんの気持ちがよく分かるな」

「お父様ってば……」

母方の祖父は、今時珍しいような頑固ジジイだ。一人娘を猫可愛がりし、父が結婚を申し込んだときは本当に殴りつけたらしい。

そう考えると、父は実に紳士的だ。母のとんでもない発言に怒ることなく、和彦と引き合わされても平静を保っていた。

「今度、和彦さんと遊びに行きます」

「そうだね。待っているよ」

「はい」

二人で話をしていると、式の時間が近づいてきたのか母と茉莉は一足先に控え室を出ていってしまう。

「そろそろお時間です」

「はい」

父は緊張に顔を引き締め、シャンと背を伸ばして桜子の手を取ると、スタッフに先導されてチャペルへと向かった。

聞こえてくるオルガンの音と、振り向くようにして見ている列席者たち。

あちこちから上がる感嘆の声に、桜子は複雑な心境だ。ここにいる誰もが、桜子を十七歳の初々しい花嫁だと思って疑っていない。

もちろん疑われたら大いに困る身ではあるのだが、何一つとして疑われることなく可愛らしい花嫁と思われるのも癪だった。

（微妙……）

もちろんそんな気持ちを表に出すことはなく、桜子の顔には控えめな微笑が浮かんでいる。若く初々しいはずの十代の花嫁としては、全開の笑顔を見せるのはどうかと考えた結果である。そしてそれをヴェール越しに見る列席者たちに、実に効果的に映るのも計算づくだった。

祭壇ではモーニングを着た和彦が待っている。

父親に手を取られてヴァージンロードを歩いてきた桜子を手渡され、和彦は悪戯っぽく目を輝かせて囁く。

「綺麗だな」

「ふふ…ありがと」

和彦がからかうつもりではなく、本気で言っているのだと分かる。だから桜子も複雑な笑みを浮かべて礼を言った。

「なんだか、ちょっと悲しいんだけどね」

「似合うんだから気にするな」

「はいはい」

「初々しい花嫁として演技も忘れるなよ」

やっぱりバレていたかと、思わず声を上げて笑いそうになる。

二人は共犯者の笑みを向け合い、手を繋いで牧師のほうを向く。そして信じていない神にではなく、互いの存在に向かって永遠の愛を誓った。

こんなものはただの形式だと思うのに、不思議と厳かな気分になる。

ヴェールを上げて誓いのキスをするときも、これまでになく神妙な気持ちで互いの体温を分け合った。

「こんなのはただのセレモニーだと思っていたんだが……本当に、結婚をしたんだという気持ちになるな」

「うん」

「……俺たちは、あの母親たちに全面的に感謝しないといけないらしい……」

「それって、すごく嫌だね」

「悔しいしな」

「うん。すごく敵わない感じ」

「こうなったら、あいつらの思惑外なところで幸せになろうな」

和彦はそう言いながらチュッともう一度キスをして、慌てた牧師に「キスは一度でいいんですよ」と注意された。


披露宴はホテルの大広間で行われる。西園寺家のツテで押さえたこの大広間は、多くの人で埋まっていた。

いったいなんだってこんなに招待客が多いんだと顔を引きつらせる花婿と花嫁は、ひな壇の上で必死に笑みを作っていた。

来賓たちの祝辞の合間、コッソリと話を交わす。

「どうしてこんなに大げさなことになったんだろう……」

「そりゃ、お前、お前のそのドレスのせいだろう。可愛い花嫁をみんなに見せびらかしたいからだと思うぞ」

「うー…迷惑」

列席者の中で、桜子が知っているのは本当に一握りだ。親戚と、高校でそれなりに親しく付き合っている友人たち。もちろん校舎の中だけでの付き合いで、一緒に遊びに行ったりしたことはなかった。

それでも彼女たちは、桜子のことが好きだと言って話しかけてくれる。今も、視線が合うと笑顔で手を振ってきた。

思わず小さく振り返す桜子に、和彦が笑いながら言う。

「あそこのテーブルだけ、デイジーの花束みたいな可愛さがあるな。他がバラやら百合やらの派手な花ばかりだから、やけに新鮮だ。さすが女子高生だな」

「和彦の友達と同じテーブルだね」

「比較的、年齢が近いからじゃないか？　まぁ、あいつらもジジババ連中と一緒より嬉しいだろうしな」

「和彦に触発されて、あの中でカップルができるかもよ？　二十八歳と十七歳で恋人になれるって、お互いに分かっただろうし」

「ありうるな」

「それに…なんかさ、うちの涼《りょう》ちゃんと達彦さん、いい雰囲気じゃない？」

桜子が視線を向けた先には、桜子の兄である涼と、和彦の兄で、桜子を襲った達彦とが互いに妙に照れて話をしている。

「あー、あれな。どうも達彦のやつ、顔合わせのときに涼さんに一目惚れしたらしいぞ。でもガッチガチの石頭だから、自分が男に惚れるっていう思考がないだろ？　同じ顔した…でも、女ってことになってるお前のほうに惚れたんだっていうふうに考えをすり替えたらしい」

「め、迷惑……」

「実はお前が男って分かって、ついでに俺とお前がセックスしてることも知って、ようやく男同士もありだって気づいたんだと。さんざん迷って、でも諦めきれないってことで、涼さんにアタックしたみたいだな」

「涼ちゃんも満更でもなさそうな……」

「またお前に目を向けられても困るし、適当にまとまってくれるといいんだけどな」

「う～ん……」

愛しい兄には同性愛なんていう面倒な道に進んでほしくはないが、もともと涼は女性よりも男性に受ける性質である。どうも母親そっくりの美貌が仇となり、女性に敬遠されてしまうようだった。

花婿と花嫁がにこやかに微笑みながら内緒話をするのは、列席者たちからすると幸せな光景そのものに見える。どうせその内容まで聞こえるわけではないので、とても平和な誤解だった。

何しろ、完璧にでき上がったカップルだ。実は男同士という障害を乗り越え、騒動を蹴散らしたおかげで普通よりも少し強い絆が生まれている。

「あの母親たちに負けないよう、がんばろう」

「負けないのは無理でも、できるだけ流されないように気をつけよう」

「流されるにしても、ほどほどですむよう注意しないと」

「うん。命綱、ないから」

「俺のところには、まだくっついていない兄貴が二人いる」

「オレのところには、四人も。さっき、うちのお母様が孫が欲しいみたいなことを言ってたから、上手くしたら今度はお兄ちゃんたちが結婚のターゲットになるかも。そしてオレたちには真の平和が♡」

「そっちにかまけてたら、俺たちへの干渉は減るだろうからな。お前、そうなるよう、水を向けろ。実家に戻ったとき、さり気なく赤ん坊ものの映画を見せるとか」

「やってみる」

二人の平和には、母親たちの不干渉が必需品である。

こうして出会わせてもらったことには感謝しているが、それでもやはり自分たちには構わないでほしいと心の底から願う。

「俺たち、男同士で良かったと、このときばかりはそう思うぞ。おかげで、余計な期待を背負わないですむ。もし初孫が産まれたら、可愛い可愛いで母親たちが家に入り浸るのは目に見えてるからな」

「それはちょっとつらいな。平和が一番だね」

「ああ、本当に。日々、実感してるさ」

「がんばろう」

「おう」

披露宴の最中にもかかわらず共犯者として手をガッチリと握り合い、来賓たちはそんな若いカップルの仲睦まじさに微笑ましい視線を送った。

結婚指輪を買いに行こう♪

★★★

週末の貴重な休み。

例によって例のごとく和彦にたっぷり啼かされた桜子だが、始まったのが夕食のすぐあとと早かったことで、翌朝十時には自然と目を覚ますことができた。

「うー…体、だるい。腰、重い……」

すっかり行為には慣れて、感じるのは快感ばかりだ。胸をいじられると、反射的に尻の奥が疼くなんていう、困ったことにもなっている。ジェルや濃厚な愛撫のおかげで後孔が切れることもなく、毎朝欲望を吐き出したすっきり感と、がんばりすぎた倦怠とを感じながら目覚めるのが普通だった。

気持ちがいいことに不満はないが、ちょっとしつこすぎる。回数も、多すぎる気がする。多分。もっとも、データがないから、普通のカップルが一晩に何回くらいするのか桜子は知らない。

先週、達彦に襲われ、その余波で和彦に正式にプロポーズされた。おかげでセックスが余計にハードでねちっこくなった気がする。

「体がつらいっていうことは、やっぱり多すぎるんじゃ……」

ベッドから下りるときは常に恐る恐るだ。おまけに、まだ十七歳なのに腰を揉んだり、屈んだりしないとちゃんと動けなくなっている。

「はーっ」

桜子はそんな自分の状態に溜め息を漏らすと、椅子に引っかけてあるバスローブを羽織って足元をふらつかせながら浴室へと向かった。

行為のあと、いつも気絶するように眠りに就いてしまう桜子だが、その体は和彦によって清められている。それは一緒に浴室に入って嫌らしく中を掻き出されたり、桜子が眠っているうちにいつの間にか…という感じである。どちらにしろ、最初に宣言されたとおり、するのは和彦だった。

おかげで桜子は自分で掻き出さずにすんだし、朝のシャワーも手早く済ませることができる。

適当に体を拭き、バスローブを身につけて寝室に戻ると、そこではまだ和彦が呑気な顔で寝ていて、ムッとしてしまった。

シャワーのおかげかずいぶん楽になったものの、体はまだだるい。けれど和彦は、そんな桜子とは対照的にいつも快調そうだ。

少しばかり腹が立って、和彦の額をベシベシと叩く。

「……う？」

「もう十時半だよ。今日は、指輪買いに行くんでしょう？　早く起きて」

「うー…そんなに慌てることないだろう」

「あんまり遅くまで寝てると、生活のサイクルが狂っちゃうだろ。月曜日、きつい思いするのはオレなんだからな」

「はいはい。学生はつらいね」

「普通は、社会人だってそうなんだけどね」

「それが、いわゆる執筆業のいいところなんだよ。その代わり、二日も三日も徹夜することがあるんだから、相殺だけどな」

和彦は大きく伸びをし、アクビをしながらベッドを出る。裸のまま、恥ずかしがることもなく堂々としたものだ。

和彦がシャワーを浴びて出てくる頃には桜子の身支度はもう整っていて、リビングのソファーでパラパラと雑誌を捲っていた。

今日の桜子の服装は、結婚指輪を買いに行くということでジーンズではなくきちんとしたワンピースである。

真っ白なそれは半袖で、胸元にはフリルで作られたリボンが三つ縦に並んでいる、可愛らしいデザインだ。それでもスカートがフレアーになっていないので、子供っぽくはないと思っていた。

「ニイヅマっぽい？」

「いや、どっちかっていうと、お嬢様。お前の服、基本的にお嬢様デザインだからな。やっぱり、新妻の色気には欠けるだろう」

「色気……」

そりゃ、そんなものはないだろうと、桜子は顔をしかめる。

「今度、新妻っぽいデザインにしてくれと言ってみたらどうだ？　喜び勇んで服を作ってくれそうな気がするぞ」

「……」

それはものすごく嬉しくないと、眉間の皺がますます深くなる。

新妻っぽい服っていったいどんなのだろうとか、作ったドレスを抱えてきた茉莉に着せ替え人形をさせられることを考えると、もう溜め息しか出ない。

グルグルと考えたところで、やっぱり余計なことは言うまいと結論が出る。でないと、クローゼットに服が入りきらなくなってしまう。今だってかなり大変なのに、これ以上増やすわけにはいかなかった。

「ひっそり…刺激しないようにしよう……」

「うん？　なんだって？」

桜子の呟きは、服を着て戻ってきた和彦の耳には届かなかったようだ。

「なんでもない。おば様連中は、下手に突つくと面倒って話」

「ああ、それは同感。そうだな、確かにこっちからの接触はできる限り避けたいな」

「うん」

桜子は頷きながら立ち上がり、テーブルの上に置いておいたバッグを取って玄関へと向かう。

靴を履いて和彦とエレベーターを待っていると、和彦が聞いてきた。

「どうする？　指輪を決めてから食事にするか？　それとも先に？　朝飯、食ってないからな」

「う〜ん…そうだね。いつ決まるか分からないし。しっかり腹拵えしてから指輪選びをしたほうがいいかも。お腹空いたし」

「じゃあ、そうするか。和洋中、何がいい？」

「うう〜ん…中華？　あれ、自分で作るの、難しいし……」

西園寺家のシェフは、和食と洋食はきちんと修行していてとても美味しいのだが、中華は範囲外だったのだ。おかげでそのシェフに料理を習った桜子も、和食と洋食は作れても、中華は苦手になった。

「あー……いいな、中華。久しぶりにフカヒレ食いたいかも」

「美味しいエビチリが食べたいなぁ」

そんな話をしながらエレベーターに乗って、一階のエントランスを抜けると大通りに出る。

「んじゃ、まずはタクシーを捕まえないとな」

「タクシーで行くの？」

「ああ。車だと、駐車場を探すのが面倒くさいからな。都内で移動するぶんには、電車かタクシーのほうが便利だ」

「ふぅん……」

どこに行くにも車を出してもらっていた桜子には、どうもピンと来ない。もっとも、駐車の心配は運転手がしていたのだから当たり前のことだった。

「……やっぱり、世間知らずかな？」

「それはもう、紛れもなく」

「………」

遠慮も躊躇もなく肯定されて、桜子は鼻に皺を寄せる。

「お嬢様、おかしな顔をなさってますよ」

笑いながらからかうように言われ、ますます顔をしかめるが、外であまりそんな顔を晒しておくわけにはいかない。

空車のタクシーを呼び止めて乗り込むときには、きっちり穏やかなお嬢様の顔を取り戻していた。


和彦が運転手に告げた行き先は銀座だ。和彦の母に紹介された宝飾店も、銀座にあるのだという。

最初は電話で好みの素材やデザインを相談して、それに添ったものを部屋に持っていかせると言われたらしいが、知らない人間を部屋に上げたくないと断ったのである。

和彦がタクシーの中で中華料理店に予約の電話を入れていたが、こんな間際では無理なんじゃないかと桜子は思う。

しかしそれは杞憂だったようで、和彦は「よろしく」という言葉とともに通話を切った。

「こんな直前で、大丈夫だったの？」

「ああ。子供の頃からの、行きつけの店だからな。フカヒレと小籠包が最高。融通が利くから、二人でもいろいろ食べさせてくれる」

「あ、それは嬉しいね」

「中華は、少人数だと食える種類が限られるからな。二人となると、多少の我が儘を聞いてくれる店じゃないと」

「そうだね」

桜子の食欲は、女性としては普通、男性としては少食の部類に入る。長年女の子として暮らしてきたせいか、周りの女子高生たちに合わせているのである。

和彦は桜子から見ると恐ろしく食べるのだが、それでも二人で中華となると頼めてもせいぜい三皿程度だ。

店の前でタクシーが停まり、扉を開けて中に入ると、四十歳は超えているだろう制服を着た男性が笑顔を見せる。ただの愛想笑いとは少し違う、親しみの込められたものだ。

「いらっしゃいませ、神津様」

「ご無沙汰してます。今日は、妻を連れてきました」

その言葉に桜子はニッコリと微笑み、お辞儀をした。

「桜子です。よろしくお願いします」

「奥様!?」

店長の彼が客商売にはありえないような素っ頓狂な声を上げたのは、妻だと紹介された桜子の若さに驚いたからか、それとも和彦が結婚したという事実に驚いたからなのかよく分からない。

「ご…ご結婚されたんですか?」

「はい。ああ、でも、籍は入れたんですが、式はまだなんですよ。それまでは一応、秘密ってことでお願いします」

「畏まりました……」

頷きながらもマジマジと桜子を見つめているところを見ると、やはり桜子の若さのほうに驚いたらしい。

十七歳で結婚というとみんな同じような反応を見せるので、桜子は思わずクスクスと笑ってしまった。

「そんなに不思議ですか?」

「え? あ、いいえ、申し訳ございません。神津様がお子様の頃から存じておりますが、前回いらしていただいたときには、一生結婚しないで気楽に生きるとお聞きしていたものですから。それに、ずいぶんとお可愛らしい方ですし」

和彦はこの店に何度か女性を伴ったことがあるが、その誰もがビシッと化粧をした大人の女性ばかりだった。しかも色気たっぷりのタイプばかりだったので、清楚で可愛らしい桜子が妻と聞いて驚きを隠せなかったに違いない。

「ま、人生いろいろですから。ちょっとしたきっかけで、何が起こるか分かりませんね。俺だって、まさか自分が女子高生と結婚するとは思いませんでしたよ」

「女子高生……」

「こいつ、十七歳です。ああ、でも、出来ちゃった婚ってわけじゃありませんので」

「さ、左様ですか……」

せっかく取り戻した営業用の顔が、また驚きに崩れている。

奥の個室に案内され、引かれた椅子に座った桜子は、それを少しかわいそうに思いながらも、クスクス笑いがとめられなかった。

和彦はフカヒレと小籠包とエビチリは入れるように頼んで、あとはお任せだ。その日のお薦めの料理を運んでくれるという。

美しく飾られた前菜から始まって、次々に運ばれる料理。そのどれもが少なめで、そのぶん種類が多かった。

「はぁ…美味しかった……」

もう食べられないと呟く桜子の前にマンゴープリンが置かれると、前言を撤回してスプーンを手にしてしまう。

「お腹がいっぱいなのに、美味しい……」

「ここのマンゴープリンは旨いんだよ。杏仁豆腐もいけるぞ」

その言葉のとおり、和彦の前にはその両方が置かれている。酒も好きだが甘党でもある和彦は、この店に来るといつも両方食べるらしい。

桜子が透明な器に入ったそれを見ていると、和彦が食うかと聞いてくる。

「食べる」

「んじゃ、ほら、口開けて」

言われるまま素直に口を開けると、スプーンに掬われた杏仁豆腐がツルリと飛び込んでくる。

「ん、美味しい」

「だろう? ほら、もう一口」

笑いながら餌付けする様子は、どう見ても新婚だ。見合いで、意味は違うが政略結婚に近いものだったなど、誰も思わないに違いない。

実際、給仕している店長はニコニコと微笑ましそうに二人を見守っていた。

店長に見送られて店を出ると、桜子は和彦に聞く。

「お店って、近いの?」

「そうだな…ここからだと五分くらいかな? ああ、でも、何も無理にそこで決める必要はないぞ。もし気に入るのが見つからなかったら、他の店を見ればいいさ。銀座には、宝飾店なんていくらでもあるからな。一生ものだから、親の顔をつぶすとか、余計なことは考えなくていい」

「うん、分かった」

頷いて、桜子は自分の手を見る。

「結婚指輪かぁ……」

自分は一生独身だと思っていたので、まさかそんなものを選ぶ日が来るとは思わなかった。しかも偽装ではなく、肉体関係を伴った、事実上の夫婦として。

桜子の左手の薬指には、和彦に贈られたルビーの指輪が光っている。太陽の下で見ると、より一層光り輝いているような気がする美しい指輪だ。

「やっぱり、すごく綺麗……」

「うちのばあ様が、一番大切にしていた指輪だからな」

その声の調子で、和彦が祖母をどんなふうに思っていたのか分かる。

桜子はソッと指輪に触れ、コクリと頷いた。

「オレも、大切にするね」

「ああ、分かってる」

そう言って笑う和彦の目が優しい。しょっちゅうからかったり意地悪を言ったりする和彦だが、ふとした拍子にこんな目で桜子を見る。

桜子もそれに微笑み返して、和彦の腕に手を絡ませた。

こういうとき、女の子として育てられて良かったと思う。人前でも堂々と手を繋いだり、腕を組んだりできるのは女の子ならではだ。

中身はどうでも男と女のカップルなら、街中でくっついていても誰もなんとも思わない。先ほどの中華料理店のように、祝福もされる。

「少しだけ、お母様に感謝かな」

「……少しだけにしておけよ」

「うん……」

桜子は、この日何度目になるか分からないクスクス笑いを零した。

そのままのんびりと散策気分で歩き、到着したのはシックな感じの店構えで、いかにも高級そうだ。

中から扉が開けられ、優しげな笑みに迎えられる。

「いらっしゃいませ、神津様。この度は、ご結婚おめでとうございます」

丁寧にお辞儀をしての祝福に、桜子も和彦も苦笑を浮かべる。

二人ともこの店に来るのは初めてなのに、名前を名乗る前にきっちり素性がバレているのに溜息が漏れそうだった。

それでも社交と外面に関して子供の頃からうるさく叩き込まれている身としては、心の中は隠してにっこりと微笑んでみせた。

「ありがとう」

「ありがとうございます」

「こちらのほうにどうぞ」

「はい」

二人が案内されたのは、店の二階にある個室である。いかにも来客用らしく、高級な家具で飾り立てられている。それでいて華美にはなっていないところがさすがだった。

「石のついていないものをお求めとお聞きしましたので、プレーンなものから、飾りのあるものまでご用意いたしました。他にもございますので、まずはお好きな素材からお選びいただけますか？　最近は、プラチナや艶消しのゴールドも人気があるんですよ」

ベルベットの台座に並べられた指輪は、素材ごとに分けられている。

「サクラはどんなのがいいんだ？」

「あまり派手なのは……」

「俺としては、ゴールドよりプラチナだな」

「ああ、うん、はい……。私もプラチナのほうが好きです」

店員の目があるので、言葉遣いがおかしなことになってしまう。丁寧な女言葉を意識しなければいけないと思う反面、結婚しているのにあまり丁寧でもおかしいんじゃないかという葛藤のせいだ。

和彦はそんな桜子を笑う。

「おかしな言い方だな。普通にしてろよ」

「……うん」

自分でも困ったと思っていたので、とりあえず丁寧に話すのだけはやめることにする。

二人でプラチナの指輪を見ている間に、他の素材の指輪が引っ込められ、次から次へとプラチナ素材のものが運び込まれる。

いったいどれだけあるんだろうと困惑しながらも、一生ものという和彦の言葉を思い出して選ぶのは真剣だ。

「あんまりシンプルすぎるのも面白みがないかな？」

「少し、透かしとか飾りとかあったほうが嬉しいかも……。ああ、でも、やっぱりあまり凝りすぎるのは……」

ああでもない、こうでもないと言い合いながら指輪を見る。

桜子はその中で、二本の紐が組み合わさったような美しい彫りのプラチナリングに目をとめる。

「これ…綺麗じゃない？」

結婚指輪だから当然のことながら男物も女物も同じデザインなのだが、男物のほうが幅広に作られている。そしてそのせいで、繊細なデザインにもかかわらず、ちゃんと男物に見えるのが気に入った。

これなら、桜子がしても、和彦がしてもおかしくない。

「ああ、いいな。サクラに似合いそうだ」

「そうかなぁ？」

「お前、指も細いからな」

「……普通だよ」

そう、女の子のサイズとしては普通のはずだ。そしてもちろん、男として考えれば、ものすごく細いような気がする。

「どうぞ、嵌めてごらんになってください」

「はい」

桜子は婚約指輪を抜いて台座の上に置き、代わりにその指輪を嵌めてみる。指のサイズまで連絡が行っているのか、どこにも引っかかることなくスルリと指を通った。

「あ、ピッタリ……」

サイズだけでなく、装着感もいい。指を閉じてみても邪魔になる感じはしないし、何よりもしっくり来た。

「いいな、これ」

「うん」

「気に入ったか？」

「うん」

「じゃあ、これにしよう」

「うん」

桜子は名残惜しそうに指輪を外すと、置いておいた婚約指輪を嵌め直した。

「記念に、文字を彫られますか？　ちょっとしたメッセージや、イニシャルを彫られる方は多いですよ」

「メッセージねぇ……」

柄じゃないなと呟く和彦に、桜子も頷きながら言う。

「言葉はいらないけど…名前は彫ってほしいかな……」

「そうだな。じゃあ、イニシャルじゃなく、フルネームで彫ってもらうか」

「うん」

「三十分ほどでできますが、このままお待ちになられますか？」

「へぇ、そんなに短時間でできるものなんですか？」

「それは…神津様のご注文ですから。お母様から、神津様は絶対に指輪をそのまま持ち帰りたがるはずだとお聞きしておりましたので。通常は十日ほどいただいております」

「なるほど」

和彦の性格を見通している母親に、二人から苦笑が漏れる。お節介だが、どれも的確だから小憎らしい。

「所詮、お釈迦様の手の上かぁ」

「亀の甲より年の功ってやつだな。伊達に年を食ってないってことだ」

母親に聞かれたらジロリと睨まれそうなことを言って、和彦は溜め息を漏らしながら店員に言う。

「このまま待っていますので、お願いします」

「では、指輪をお預かりします。お飲み物をお持ちしますので、リラックスなさっていてください」

「はい」

すぐに戻ってきた店員は、コーヒーを出して手早く会計を済ませる。カードだし、桜子にはいくらなのか見せてくれなかった。

その態度から、こういうときは見ないのがマナーなんだろうなぁと思いつつ、呑気にコーヒーを飲む。一緒に暇潰しの雑誌が数冊渡されていたから、それに手を伸ばして捲ってみた。

買ったのが結婚指輪のせいか、渡された本はブライダル雑誌やインテリア雑誌といった感じのものばかりである。ブライダル関係には一切興味がないので、当然のことながら他のものを手に取った。

やがて店員が姿を消して二人きりになると、それでようやく肩から力が抜ける。こういう店の常で防犯カメラはあるだろうが、盗聴まではしていないはずだ。

「意外とすんなり決まって良かったな」

「うん。あれ、すごく気に入った」

「俺もだ。サクラが嵌めると繊細で綺麗に見えるのに、俺が嵌めると、結構格好いいんだよな」

「幅がよく計算されているのかもね。同じデザインなのに、男物と女物で印象が違うなんてすごいと思う」

「ああ、おかげで気が楽になった。大きな仕事が終わったな～って感じかね」

「神津のおば様の顔もつぶさずにすんだし」

「お前、お義母様って言えって言われてなかったか？　練習しておかないと、あのババアはしつこいぞ。サクラ、お気に入りだから。考えてみると、昔から西園寺家の一人娘の可愛さをことあるごとにアピールしてたな……」

「……和彦、結構前から目をつけられてたのかもね」

「……恐ろしいことを言うな」

和彦の母親は気の長い長距離ランナータイプだ。一つのことを成し遂げるのに、十年や二十年は平気で待つという。

「…………」

「…………」

このあたりは、考えるのが少しばかり怖い。深く突き詰めようとすると、深い澱みに足を突っ込むような気がする。

「ま、まぁ、そんなわけないか！」

「そ、そうだよね！　そんなわけないね」

二人はそんなことを言うと、プルプルと頭を振って気を取り直した。そして渡された雑誌に救いを求める。

しばらく互いに無言のまま、雑誌を捲る。

和彦が見ていたのはインテリア雑誌で、その中の真ん中くらいのページを指差しながら桜子に言う。

「こういう家、いいと思わないか？　最近、仕事部屋以外は明るいほうが開放感があって好きなんだよな。インテリアの趣味も変わってきたし」

「あー…今の部屋、いかにもリッチな独身男って感じだもんね。スタイリッシュだけど、隙がないっていうか……」

「そうそう。ちょっと疲れるんだよ。ゆとりが欲しいっていうか…サクラが高校を卒業したら、今のマンションを売って郊外に庭つきの一軒家でも買うか？　ああ、そうすると、子犬も必需品かな」

「それって、ものすごくマニュアルどおりな感じ……」

「まぁな。けど、嫌いじゃないだろう？」

「う〜ん……」

一軒家も犬も、悪くない。むしろ、好きな感じだ。もし母にアレルギーがなかったら、犬か猫かどちらか…もしかしたら両方家にいたかもしれない。

「でもオレ、犬飼ったことないんだけど」

「俺はあるから大丈夫。それに本を買って勉強すればいいだろうが。大学に行かないで専業主婦してると、暇をもてあますかもしれないしな」

「……あれ？」

いつの間に大学に行かないことに決まったのだろうかと、桜子は首を傾げる。そんな話が出たのは確かだが、まだ結論は出ていなかった気がする。

「オレ、大学に行かないなんて言ってないよね？」

「でも、結構その気だろう？　サクラが大学に行ったところで、どうせ気疲れするばかりで得るもんなんてないだろうし。秘密がバレないかとビクビクしながら過ごすのはきついんじゃないか？」

「……」

相変わらず痛いところを衝いてくる。

実際、大学で勉強したいことなんて一つもない。すべてを打ち明けられるような友達が作れるとも思えないし、大学生活が楽しさよりも緊張のほうが多いことも予測できる。自由が多い分、高校よりも大変かもしれない。

「その点、専業主婦なら楽だぞ。三食、昼寝つき。朝無理やり起きなくてすむから、セックスもたっぷり」

「なっ……！」

「いいこと尽くしだな」

ニヤリと笑うその顔が、実に憎たらしい。

どうしてすぐにそっちのほうに話が行くんだよっと思いつつ、桜子はその腕をベシリと叩いた。

三十分なんてあっという間だ。

インテリア雑誌を二人で捲りながらあれこれ批評して、いろいろと話をしているうちにいつの間にか過ぎていた。

ノックの音のあとに入ってきた店員は、台座の上に二つの指輪を乗せて戻ってきた。

「お待たせいたしました。お名前が入りましたので、お確かめください」

「はい」

二人はそれぞれの指輪を取り、裏に名前を彫られているのを確かめる。筆記体で彫られた互いの名前は、それが自分のものであることを示していた。

「このままつけていきたいのですが、構いませんか？」

「はい、どうぞ」

快く了承をもらえたのでそれを指に嵌めて、二人は立ち上がる。

家に帰ればジュエリーケースがあるから、余計なものはすべて断って、本当に指輪だけを受け取って店を出た。

「んー…終わった。どうする？　このまま少しブラついていくか？　急いで帰る必要もないしな」

「そうだね」

「足が痛くなったら言えよ」

「うん」

桜子が今履いているのは、三センチのヒールがついたパンプス。さすがにローファーよりは足が疲れやすい。桜子としても和彦相手に我慢をする気はないし、疲れたらすぐに言うつもりだった。

ウインドーショッピングをしながらのんびり歩いていて、和彦は通りに面して飾られた新作のバッグを指差す。

「そういえば、バッグとかは必要ないのか？　あんまり数持ってこなかっただろう？」

「んー…あんまり、興味ないな～。とりあえず、一通りの色は持ってきたから、困ることもないし。別に趣味でこういう格好してるわけじゃないしさ。服だって本当はもっとシンプルなのが好きなんだよね。とりあえず、レースとかフリルとかがついてないやつ！」

その言葉に、和彦がプッと噴き出す。

「ちょっと！」

「いや、つい……。お前のクローゼットの中を思い出すと、そういうこと言うのも仕方ないかと思ってな。似合ってはいるが、本当にフリルとレースだもんなぁ」

「そうだよ！　でも、文句言えないの。実際、上手いことデザインしてくれてると思うし……何よりも、おば様連中に逆らうの、無理だし」

「ああ、それは無理だ。諦めろ。それでなくても手強いのに、そこに服やらバッグやらが絡むと、もう絶対勝てない。なんだろうな、あの『可愛い』の持つ威力は」

「魔法の呪文だからね、あれ」

何かというと口から飛び出す「可愛い」という言葉。それが出てくると女性たちは勢いを増し、買い物時間は二倍三倍へと延びる。桜子や和彦からすると、実に厄介な言葉なのだった。

「もう可愛いのはいらないから、家の中で着る楽なのが欲しい。作ってもらったオレの服って、洗濯機じゃ洗えないの多いし」

「手洗いは面倒だよな。普段着をいちいちクリーニングっていうのもなんだし」

「そうなんだよね～。こっちに移ってきてからは多少増やしたけど、もう少し欲しいかな」

「じゃ、良さそうな店があったら入るってことで」

「うん」

そのままウインドーショッピングを続行して、雰囲気の良い店を見つけたら入る。そしてあれこれ言いながら、一つ二つと荷物を増やしていった。

気ままに歩き始めてから、二時間。気がつけば表通りからはずいぶん離れていて、街の雰囲気も変わっている。

買い物をしている間は疲れを忘れるが、さすがにしんどくなってきた。どうしようかな…と思っていると、クレープとアイスクリームの店が目に飛び込んでくる。

桜子は思わず足をとめ、見つめてしまった。

和彦のマンションの近くにはないので、今まで食べたことがない。

「なんだ？　クレープ食いたいのか？」

その問いかけに、桜子はコクコクと頷く。

「食べたい」

「いいけど…何がいいんだ？」

「んー……」

桜子は看板をマジマジと見て、その中から一つを選んだ。

「イチゴチョコ生クリーム。アイス入り」

「んじゃ、俺はチョコバナナにするかな」

和彦は甘いものが嫌いではないし、疲れた脳に効くといって、自らチョコやプリンなどを買ったりもする。男の甘党を恥ずかしいとも思っていないので、そのあたりも堂々としたものだった。

「買ってくるから、そこでおとなしく待ってろ。フラフラするなよ」

「大丈夫」

「知らないやつについていくんじゃないぞ」

「子供じゃないって！」

笑って店に入っていく和彦に怒りながら、桜子は店のベンチに座る。

「はー…ちょっと疲れた……」

気ままな買い物は疲れるが、やっぱりローファーかスニーカーで歩きたい。たった三センチとはいえ、ヒールがあると疲れるのが早いのだ。

その点、和彦に疲れた様子はない。もともとの体力の違いもあるし、靴の差も大きい。

それに何よりも、昨夜の行為でのダメージの度合いも違っていた。

ずるいなぁ…と呟いて、店内で注文をしている和彦を見る。

週末だからか、それともこの店が人気があるのか、小さな店内は人でいっぱいだった。

「カーノジョ、こんなところで何やってんの？」

「あ、もしかしてクレープ食べたい？　奢っちゃうよ」

声をかけてきたのは大学生くらいの男二人組みだ。どちらも明るく髪を染め、耳にはいくつもピアスをつけている。

（……軽い……）

見た目も、声のかけ方も、うんざりするほど軽薄である。そしてこういうタイプは断ってもまったく聞き入れようとせず、非常にしつこいことが多いので、桜子は内心で盛大に溜め息を漏らした。

「いえ、今、買いに行ってもらっているので、大丈夫です」

「そうなんだ。でも、こんなところのクレープじゃなくて、もっと旨いもん食わない？　俺たち、女の子にすっごい人気の店知ってるぜ」

「そうそう。マジでケーキが旨いんだって」

「でも、知らない人についていってはいけないと言われていますので」

「は～？　誰よ、そんなこと言うの。今時、珍しくない？」

怪訝そうに聞く男たちに、桜子はにっこりと笑って答える。

「夫です」

「……はい？」

「今…なんて言った？」

「夫に、知らない人についていってはいけないと言われました」

「……!?」

「……!!」

愕然とした、間抜けな顔が面白い。

桜子はポカンと口を開けた彼らを見てそんなことを思っていたが、怒らせると面倒なのでそれを表情に出すようなことはしなかった。

「あ、あんた、いくつ!? オットって、マジ?」

「十七歳ですけど……」

「ウッソだろ。十七でダンナ持ち!? 冗談きついよ」

「あのさー、断るにしても、もうちょっと本当っぽいこと言ってもらわないとさ。こっちも困るわけよ」

「え? でも、本当のことなんですけど。結婚できる法廷年齢は十六歳だから、別におかしくないと思います」

「いや、それはそうかもしんないけどさー。十七で結婚って、やけに早くね? あ、もしかして出来ちゃった婚ってやつ?」

「いいえ、違います」

「見えないけど、ギャルとか元ヤンとか？」

「……？　言葉の意味が、よく分かりません」

聞き慣れない言葉に桜子は首を傾げるが、繊細で綺麗な顔立ちに浮かべる表情は、男たちの視線を奪う。

もともとの顔の作りに加え、和彦に抱かれるようになってからは妙な艶が出ているのか、街を歩いていて振り返られる回数も、声をかけられる回数も格段に増えた。

「ま、ヒトヅマでもいいけどさ、別に」

「むしろ、燃えるって感じ？　いいじゃん、幼な妻」

「………」

オレは良くありません。バカっぽい男は嫌いです。っていうか、相手が男ってだけで声をかけられて迷惑！　…と思っていても口には出さず、行こ行こと言って腕を掴む彼らに顔をしかめる。

必死になって踏ん張ってはいるが、このままでは本当に連れていかれるんじゃないかと不安に思ったところで和彦が戻ってきた。

「俺の連れに、何か用か？」

上背があり、容姿の整った和彦が凄むと、それはそれは迫力がある。半ば演技だと分かっている桜子でも、ゾクリとするほどだ。

「い、いや、暇そうにしてたから……」

「そう、暇なら遊びに行こうかって……」

「あいにく、暇じゃないんだ」

「はぁ、すんません」

彼らは口の中でモゴモゴと言って、脱兎のごとく逃げ出していく。

桜子は、はーっと溜め息を漏らした。

「いいね、簡単に追っ払うことができて」

「店が混んでたから一人で買いに行ったんだが…お前から目を離したの、長くてもせいぜい十分だぞ？　それで男を引っかけるか？」

「引っかけたんじゃなくて、勝手に引っかかったんだけど……」

「似たようなもんだろう」

「全然違うよ」

桜子が声をかけたように言われるのは心外だ。

プーッと頬を膨らませると、和彦は笑いながら手に持ったクレープを差し出す。

「ほら、ご希望のクレープだ」

「ありがとう」
受け取って、和彦が座れるように少し位置をずれようかと思ったところで、同じように
クレープを持った親子連れが立っているのに気がつく。
桜子は自分の座っているベンチを譲った。
「あ、ここ、どうぞ」
「すみません」
しばらく座っていたから、足はずいぶん楽になっている。立っていたところでなんの問
題もなかった。
それよりも、初めて食べるクレープが気になる。家で出されたオヤツの中に、こういう
タイプのクレープはない。
クルリと紙に包まったそれをどうやって食べるべきか少し迷った桜子だが、それでも周
囲の視線を気にしつつパクリと口に入れる。
「甘い…美味しい……」
ケーキとは違う、不思議な触感。それに生クリームの甘みとイチゴの酸味、アイスクリ
ームの冷たさが上手く混ざっている。
「気に入ったか?」

「うん、美味しい！　外で立ったまま食べるなんてしたことないから、すごく新鮮。ちょっと恥ずかしいけどね」

「ああ、行儀が悪いか」

「ちょっとね。お母様に見られたら絶対に怒られるし、お父様に見られたら悲しそうな顔をされるかな」

「お嬢様はいろいろと大変だ。制約だらけの生活だな、本当に」

「うちが特殊だとは思うんだけど。多分、他の家ではもう少し自由にさせてもらっていると思うよ。ああ、でもやっぱり立ち食いは叱られるかな？」

「クレープやアイスでも叱られるものなのか？　そのあたりはセーフのような気がするんだが」

「どうだろう…月曜日に学校に行ったら、他の子たちに聞いてみようかな。でも、下手なことを言うと、『西園寺さんは特別だから』とか言われちゃうんだよね」

「それは嫌味で？」

「嫌味と、本気で感心してと、両方。うちの他にも車で送迎されている子は何人もいるけど、そういう人たちにまで驚かれたりするから」

「箱入り中の箱入りか」

「そうみたい」

「マジで大変だなぁ」

「まぁ、仕方ないかなって思ってるけど」

秘密を守るためには、二重三重くらいに隠しておかないといけない。だから級友たちに呆れられても、過保護に甘んじていた。

和彦との今の生活が、むしろ不思議なくらいだ。自分がこんなふうに街中でクレープを立ち食いするなんて、考えたこともなかった桜子である。

ガードレールに寄りかかるようにしてクレープを食べているのは何も二人だけではないのだが、通行人の視線がチラチラと向けられるのが分かる。

女性は和彦を、男性は桜子を見つめている。

そんな視線を感じ、和彦が呆れたように桜子を見る。

「しかし…マジでお前、男にモテるな」

「……あんまり嬉しくない。鬱陶しいだけだし」

「うっかりすると、拉致されそうだな」

「んー…それは平気だと思う。多分だけど…見えないところにボディガードがいるはずだから」

「マジか!?」

「うん、マジ。オレが意識すると誘拐犯にもバレちゃう可能性があるからって、誰がボディガードなのかは教えてもらってないけどね」

「分かってはいたつもりだが…本当に窮屈な生活だな」

「う～ん…そうかもね」

「他人にずっと見張られてて、嫌にならないのか?」

「誘拐されるよりいいでしょ。ほら、オレの場合、絶対に誘拐されるわけにいかないから。うちがお金持ちっていうだけじゃなくて、人より大きな秘密を持ってるから、いろいろ大変なんだよ」

「そりゃそうだけど…まさかそいつら、海外にまでついてくるのか?」

桜子の高校が夏休みに入ったら、新婚旅行でタヒチに行くことになっている。ハネムーンで定番のボラボラ島、水上コテージだ。

作家としての好奇心なのか、それともただ単にセオリーどおりにやってみたいのか、和彦が「新婚旅行といえばタヒチだ」と言い出したのである。

桜子からすると、どうしてタヒチなんだろうかと不思議なのだが、和彦の中ではそれが定番になっているらしい。

特に行きたいところもなかったのでOKすると、イソイソとガイドブックやタヒチを特集した本を集めてきた。今は引きこもりのような生活を送っているが、学生時代はアクティブに動き回っていたとのことで、ダイビングのライセンスも持っているという。

桜子自身もその旅行を楽しみにしていたが、海外は日本よりも危険が大きい、新婚旅行とはいえ、ボディガードが外れるとは思えなかった。

「多分、ついてくると思う。それだけじゃなく、人数も増やされるかもね。でも、さすがに部屋の中までは監視されないから」

和彦は、目に見えてガッカリする。

「タヒチの次は、バリにでも行こうかと思ってたんだが……。それじゃ、プライベートプールでやるのは無理だな」

「はっ？」

「プライベートって名前がつくのに、監視つきじゃな。あっ、ってことは、カナダでのジャグジーセックスもダメなのか？」

「……………」

本当に、いったい何を考えているんだと桜子は額を押さえる。こんな相手と一緒にいていいんだろうかという疑問も湧いた。

二十八歳にもなって、バカなことばかり言っている。それこそ、桜子には思いつかないようなことばかりだ。

けれど、だからこそ楽しい。和彦は真綿に包まれ、何重にも箱で覆われた桜子の前に、いくつもの新しい扉を用意してくれた。

「海外だろうが日本だろうが、外なんてありえないからっ」

そう言って、桜子はベシリと頭を叩く。

こんな行為さえ、和彦と出会ってからするようになったのだ。それまでは、気楽に人のことを叩く自分なんて考えもしなかった。

そんなことが笑ってできて、笑って許してくれる和彦が嬉しい。

桜子は怒った表情を作りながら、笑っている自分が好きだった。

「外は無理だけど、家の中ではいいよ。新しく家を買うなら、ジャグジーも入れる?」

「いいな、それ！　ついでに、デカい鏡も……」

「却下！」

調子に乗せすぎないのが肝心だと、桜子は笑いながらビシリと言った。

あとがき

こんにちは〜。この度は、「花嫁は十七歳」をお手に取っていただきまして、どうもありがとうございます。

ボーイズラブなのに、花嫁です。そして、十七歳、女子高生（?）でもあります。しかもお嬢様。我ながら、なんて色物度の高い（笑）。

母のせいで女の子として育てられることになった桜子ですが、そんなに図太いほうではないため神経が休まらず、さぞかし大変だったに違いありません。もっとも、小心のおかげでより慎重になり、バレずにすんだのかもしれませんが。

オーダーメイドで下着を作れば、いくらでも体型なんて変えられるはず。水着の中に入っているパッドなんてシリコン製で、触っても本物の胸と変わらないような感触ですしね。けど、一時期はやった補整下着でも数十万単位ですから、胸と腰にパッドを入れたオーダーメイド下着はいくらするんでしょうか。考えると怖い……。

実際に十七歳の花嫁さんがいれば、私は喜び勇んで見てしまうと思います。若いというだけでも可愛いのに、ウエディングドレス姿ですからね♪　数が少ないぶん、二十代の美しい花嫁より貴重（笑）。ホテルで食事とかしていると、たまに花嫁さんが見られて嬉しいです。そういえば、友人の三十代の花嫁がこだわったのは、料理とバラでした。テーブルやベールに飾るバラは、年齢に合ったシックで上品なものでないと許せんとか。その点、桜子はとても若いので、ちょっと恥ずかしくなるようなピンクのバラでも大丈夫。ドレスだって、どんなに可愛くしても全然ＯＫ！　ああ、なんだか桜子のお母様の気持ちが分かる気がします、私。可愛くてピッチピチ（死語）の娘がいたら、あんなもの着せたい、こんなもの着せたいと楽しいでしょうね～。

それに対して、男は添え物。しかし和彦は、添え物でホッとしているかも。おば様方に連れ回される桜子を見て、同情しているに違いありません。疲れきって帰ってきた桜子にお茶をサービスしたり、下心満載でビールを飲ませたりなんかして、二人はこれからも母親たちと戦いつつ仲良く暮らすのでした。

イラストを描いてくださった、椎名ミドリさん。どうもありがとうございました！　表紙を拝見させていただきましたが、すっごく可愛いです。そしてエッチ♡　セーラー服だと女の子にしか見えないため、胸を出してボーイズであることを強調してもらっています。すみません、おかしな手間を取らせてしまって（笑）。中のイラストも、とても楽しみにしていますので、よろしくお願いします。

実は、次の話もまた色物の予定です。魔界に住む魔王様の頭には、角が二本。紅茶色の瞳をした淫魔も登場。どこから突ついても、立派で完璧な色物（笑）。色物道を驀進していています、私。とにかく妖魔物が大好きなので、隙あらば書いている気がするのは気のせいでしょうか？

それではまた本屋さんで見かけられましたら、よろしくお願いします。

若月京子

原稿募集

プリズム文庫では、ボーイズラブ小説の投稿を募集しております。
優秀な作品をお書きになった方には担当編集がつき、デビューのお手伝いをさせていただきます！

応募資格

性別、年齢、プロ、アマ問わず。他社でデビューした方も大歓迎です。

募集内容

商業誌に未発表のオリジナル作品であれば、内容に制限はありません。ただし、ボーイズラブ小説であることが前提です。エッチシーンのまったくない作品に関しましては、基本的に不可とさせていただきます。

枚数・書式

1ページを40字×16行として、100～120ページ程度。原稿は縦書きでお願いします。手書き原稿は不可ですが、データでの投稿は受けつけております。

投稿作には、800字程度のあらすじをつけてください。また、原稿とは別の用紙に以下の内容を明記のうえ、同封してください。

◇作品タイトル　◇総ページ数　◇ペンネーム
◇本名　◇住所　◇電話番号　◇年齢　◇職業
◇メールアドレス　◇投稿歴・受賞歴

注意事項

原稿の各ページに通し番号を入れてください。

原稿は返却いたしませんので、必要な方はコピーを取ってからのご応募をお願いします。

締め切り

締め切りは特に定めません。随時募集中です。

採用の方にのみ、原稿到着から3カ月以内に編集部よりご連絡させていただきます。

原稿送り先

【郵送の場合】〒153-0051　東京都目黒区上目黒1-18-6　NMビル3F
（株）オークラ出版「プリズム文庫」投稿係
【データ投稿の場合】prism@oakla.com

プリズム文庫をお買い上げいただきまして
ありがとうございました。
この本を読んでのご意見・ご感想を
お待ちしております！

【ファンレターのあて先】
〒153-0051　東京都目黒区上目黒1-18-6 NMビル
（株）オークラ出版　プリズム文庫編集部
『若月京子先生』『椎名ミドリ先生』係

プリズム文庫

花嫁は十七歳

2007年11月23日　初版発行

著　者　若月京子

発行人　長嶋正博
発　行　株式会社オークラ出版
〒153-0051　東京都目黒区上目黒1-18-6　NMビル
営　業　TEL:03-3792-2411　FAX:03-3793-7048
編　集　TEL:03-3793-8012　FAX:03-5722-7626
郵便振替　00170-7-581612(加入者名:オークランド)
印　刷　図書印刷株式会社

Printed in Japan　ISBN978-4-7755-1064-3